시인에게서 배워라

청소년에게
시인이 들려주는 시 이야기

시인에게서
배워라

이민호 지음

북치는소년

시인으로 거듭나기 위하여

지난번 〈너는 나다 십대〉 청소년출판 공동기획 시리즈에서 『시인의 얼굴』을 선보였지요. 우리나라 시인들은 교과서에 갇혀 재미없이 늘 그렇고 그런 사람들이라고 여러분은 생각하겠지만 드러나지 않은 모습을 보여주고 싶었어요. 우리가 좋아하는 시인들에게 무슨 별칭처럼 따라붙는 표현이 있는데 김소월은 전통 민요 시인이고, 윤동주는 저항 시인이고, 김수영은 참여 시인이고 하는 식으로 부르는 거 말입니다. 그렇게 부르는 이유는 있어요. 김소월이 우리 전통 서정을 잘 보존해 새롭게 현대화했으니 그렇게 부를 만하지요. 윤동주는 일제 강점기에 해방을 앞두고 일본 후쿠오카 형무소에서 생체 실험과 고문으로 젊은 나이에 목숨을 잃기까지 굴하지 않았으니 저항 정신이 투철했지요. 김수영은 해방 이후 우리 사회의 모순과 부조리를 매의 눈초리로 쏘아붙였어요. 유명한 카뮈^{Albert Camus}(1913~1960)나 사르트르^{Jean-Paul Sartre}(1905~1980)처럼 사회 현실에 참여하기를 게을리하지 않았으니까요.

그런데 민족시인, 국민 시인, 민중 시인, 저항 시인 이렇게 규정하니 광화문 광장에 서 있는 이순신 장군 같은 느낌이라 왠지 살갑지 않지 않나요? 왜 그럴까요? 시인들을 역사적 인물로 생각하기 때문이에요. 그러니 언제 태어났고 무슨 시를 썼고 그의 시적 업적은 무엇이고 이렇게 외우고 그만, 시험 끝나면 깜깜하게 잊곤 하지요. 누구누구 시인들 이름도 모르냐고 탓하는 어른들이 있어요. 아마 그것은 외우기 경쟁을 왜 하지 않느냐는 뜻으로 들리네요. 그래서 곰곰 생각했습니다. 아이돌 대하듯 소리 질러 환호하지는 않아도 어떻게 하면 친구들과 우리 시인들이 가까워질 수 있을까. 생각 끝에 시인들은 특별한 사람들이 아니라 평범한 우리처럼 자기 삶을 열심히 살다 사라진 존재로 소개했지요.

우리 같은 사람들을 무엇이라 부르나요. 바로 '시민'이지요. 그래서 지난번 책에서 '시민 시인'이라 새로운 이름을 붙여 봤어요. 어땠나요. 조금 어려워했다고 하더군요. 특히 '얼굴'이란 표현을 써 더

더욱 힘들었지요. 이때 얼굴은 다른 사람의 얼굴을 뜻한다고 설명했지만 쉽지 않았어요. 철학자 레비나스Emmaneul Levinas(1906~1995)의 '타자의 얼굴'에 대해 이야기한 것도 이해하는데 만만치 않았지요. 핵심은 이거예요. 나 홀로 나를 알 수 없다는 겁니다. 그래서 누군가와 서로 교류할 때만이 비로소 내가 누군지 알 수 있다는 그런 말씀. 또 헤매는 듯한 느낌.

어쨌든 우리가 보지 못했던 시인의 모습을 보여 주고 싶었어요. 그중 나혜석, 김소월, 백석, 윤동주, 김수영, 김종삼을 대상으로 그동안 묵혔던 이야기를 풀어 보았지요. 이 책은 그 연속선에 있어요. 우리 시문학사에서 손꼽을 만한 시인이 많지 않아요. 전통시에서 벗어나 현대적 의미의 시를 쓴 것이 백 년 남짓 되기도 하지만 시인이 태어나기에 궁핍한 시대였으니까요. '궁핍'이란 말은 '몹시 가난함'을 뜻합니다. 우리 부모님들이 이 가난을 뚫고 오늘날 우리에게 풍족한 세상을 만들어 주었지요. 그러니 이 궁핍한 시대에 시인이 어떻게 나올 수 있겠어요. 시인이 돈을 잘 버는 사람도 아니니 말입니다.

물론 '궁핍한 시대의 시인'은 그런 뜻으로 쓰인 말은 절대 아닙니다. 이 말은 독일 시인 횔덜린Friedrich Hölderlin(1770~1843)의 시 「빵과 포도주」의 한 구절에서 나왔어요. 횔덜린은 철학자 하이데거Martin Heidegger(1889~1976)가 추앙하는 시인입니다. '시인의 시인'이라고 불려요. 그만큼 독일에서는 절대적 시인입니다. 그에 관해 여러분도 한번 살펴보길 바랍니다. 그의 시에 이렇게 나옵니다. "친구야! 우린 너무 늦게 왔어. 신들은 살아 계시나, 우리의 머리 위 저세상 높이 머물고 있을 뿐이야." 그리고 뒤이어 말합니다. "궁핍한 시대에 시인들은 왜 존재하는가를 나는 모른다."라고. 너무 철학적이었기에 하이데거가 흠뻑 빠진 것이지요. 자기 생각과 정말 똑같아 매혹당했다고 합니다.

쉽게 풀면, '궁핍한 시대'는 시에서 나오듯 신이 이 땅에 없는 시대를 말해요. 아예 없는 것이 아니라 우리 주위에 없고 다만 저 높은 하늘에만 있게 되었다는 뜻이죠. 유럽에서 전에는 그렇지 않았지요. 신이 인간 삶을 시시콜콜 간섭했으니까요. 태어날 때부터 죽을 때까지 아니 죽은 이후에도 신이 따라붙었으니까요. 그런데 니체Friedrich Wilhelm Nietzsche(1844~1900)도 그렇고 보들레르Charls Baudelaire(1821~1867)도 그렇고 신은 죽었다고 하지 않나 심지어 신을

악이라 노래하지 않나. 이제 인간은 옛날처럼 신을 숭배하거나 두려워하지 않아요. 신이 없는 세계에 인간은 홀로 당당하게 서고자 합니다. 그래서 인간 문명은 날로 첨단을 향해 달렸지요. 그만큼 인간 세상은 넘쳐나는 물질로 전에 없이 풍족한 삶을 누리게 되었습니다. 그런데 문제가 생겼어요. 뭔가 전에 없이 삶이 공허하고 영혼이 빛나지 않으니. 그것을 두고 횔덜린은 궁핍하다고 한 것이지요.

그리고 말합니다. 신이 없는 이 궁핍한 시대에 시인이 무슨 쓸모가 있느냐고. 이번 책 제목을 "시인에게서 배워라"라고 정한 이유예요. 시인은 아주 오랜 옛날부터 신을 대리하는 존재였다고 합니다. 시인만이 신의 말을 알아듣고 인간에게 전달할 수 있는 능력을 갖추었다고 믿었으니까요. 철학자는 신의 뜻을 깊이 생각하고 논리를 세울 수는 있지만 시인처럼 언어를 통해 소통할 수는 없다고 하네요. 그래서 하이데거가 시인을 최고 존재로 여겼답니다. 그가 말한 '언어는 존재의 집'이라는 말에서 시인의 역할을 알 수 있어요. 이때 '존재'는 '신'을 뜻합니다. 그러니까 신이 '언어'를 집으로 한다는 말은 신이 언어를 통해 소통한다는 뜻이 됩니다. 이때 언어를 자유자재로 다루는 사람이 누군가요. 바로 시인이지요. 그래서 시인은 신의 언어를 알아들을 수 있는 겁니다. 하이데거가 그것을 높이 평가했지요.

그럼 시인에게서 무엇을 배워야 할까요. 그동안 우리는 시인에게서 무엇을 배운 것이 아니라 오히려 배우지 않아도 될 것을 잔뜩 공부한 것 같아요. 시인을 추앙한 또 다른 철학자가 있어요. 바슐라르Gaston Bachelard(1884~1962)예요. 그냥 철학자가 아니라 과학철학자라 부르기도 하고 상상력 과학자라고도 합니다. 과학과 철학을 모두 공부한 특이한 사람입니다. 아예 시인 같기도 해요. 그는 말합니다. 너무 이성적인 태도에서 벗어나라고. 살균된 세상에서는 행복할 수 없다고. 숫자와 기계에서 벗어나 상상력 속에서 살기를 청합니다. 그렇게 사는 사람이 바로 시인이라고. 그래서 시인에게서 배워라 말합니다. 다시 묻습니다. 시인에게서 무엇을 배우냐고요? 잃어버린 신의 말, 다른 말로는 영혼의 소리를 들어 보자고요. 그리고 그만 수동적으로 이끌려 사는 생활에서 벗어나 상상의 나래를 펼치는 사람이 되자는 것이지요. 거기에 김명순, 정지용, 김기림, 이상, 이용악, 오장환이 있어요.

김명순은 남성 중심의 한국 문학사에 이름 없는 별이에요. 그녀는 우리에게 인습과 부조리를 뛰어넘어 살아야 할 이유를 온몸으로 문학 속에 담아낸 다시 빛나는 별이라 할 수 있어요. 정지용은 우리 시의 아버지라는 우러름을 받을 만한 시인이에요. 어느 한 곳에 갇히지 않고 전통과 현대를 두루 아울렀던 시인 중 시인이지요. 김기림은 새로움을 찾았던 시인이에요. 우리나라에 모더니즘을 선보이기도 했고 현실에 관심을 놓지 않은 열정을 보이기도 했지요. 이상李箱은 보물 같은 시인이에요. 살았을 때도 지금도 온전히 이해받지 못해 안타까워요. 그만큼 여러분이 배울 게 많은 천재지요. 성격은 까칠했지만. 이용악은 우리 민족을 닮은 시인이에요. 비애와 분노를 몸속 깊이 새기면서도 쉽게 좌절하지 않고 굳셌지요. 훌훌 털고 일어나 묵묵히 자기 앞에 놓인 길을 갔지요. 오장환은 아름다운 사람이에요. 나보다 우리를 생각하고 종달새처럼 높이 날아 쏜살같이 날아간 시인이에요. 험한 세상에 다리가 되었어요. 여러분! 이들 시인에게서 배웁시다.

2025년 5월

이민호

차례

내일은 청춘을 위하여 폭탄처럼 터지는 ― 김기림

불타다가 꺼지고 만 한 줄기 뾰족한 — 이상

언 발 끌며 무쇠 다리 건너온 — 이용악

'내'가 '우리' 되는 사다리를 놓은 — 오장환

저주받은 사람들을 애련哀憐했던

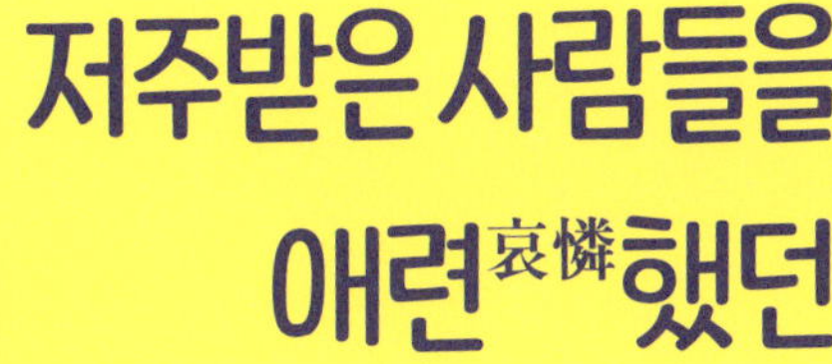

김명순

여러분은 김명순을 잘 모를 겁니다. 국어 교과서에 나오지 않으니 더욱 낯설지요. 사실 저도 잘 몰랐어요. 한국 문학사에 이름이 없었으니까요. 역사는 중요하다고 판단한 사람 위주로 쓰니 그럴 만도 하지요. 지난번 책 『시인의 얼굴』에서 교과서에 실리지 않은 나혜석을 새롭게 만난 적이 있지요. 기억하나요. 우리나라 '최초'라는 수식어가 많이 달렸던 그를. 최초 여성 서양화가, 최초 세계 일주, 그리고 여성 최초 이혼 선언자. 사람들에게 미움 받았지만 요즘 말로 셀럽celebrity이라 할 만하지요. 김명순은 나혜석과 더불어 우리 현대 문학 첫새벽을 열었던 선각자입니다. 지식 지도를 그리면 나혜석과 여기저기서 거미줄처럼 연결될 거예요. 1896년 같은 해

1914년 18세 때 김명순(사진 여성
문화예술기획)

에 태어나서 같은 생각하며 생의 최
전선에서 온몸 불살랐던 존재들이니
까요. 아마 이들을 가리켜 '동지^{同志}'라
할 만해요. 같은 뜻을 품었으니까요.
단지 자기 성취만을 위해 세상과 싸
우지 않았어요. 여성을 비롯 가장 소
외 받는 사람들과 같이하고자 했으
니까요. 그래서인지 불행하게 삶을
마감했습니다. 나혜석은 행려병자로
거리에서 싸늘한 주검으로 발견되었
고 김명순은 남의 나라 일본 정신 병원에서 아무도 모르게 숨을 거
두었지요.

『창조』는 1919년 발간된 우리나라 최초 종합 문예 잡지 맞죠?
무엇이든 '최초'를 알아두면 좀 알은체하기 좋지요. 이 잡지를 말
할 때마다 김동인, 주요한, 전영택을 떠올리곤 합니다. 그런데 김
명순이 함께했다는 사실을 아는 사람은 많지 않아요. 이에 앞서
1917년 김명순은 최남선이 만든 『청춘』에 「의심의 소녀」가 당선되
어 최초 여성 소설가 자리에 오릅니다. 그뿐인가요. 1927년 『매일
신보』에 시험을 보고 당당히 기자가 되었습니다. 아마 우리나라에

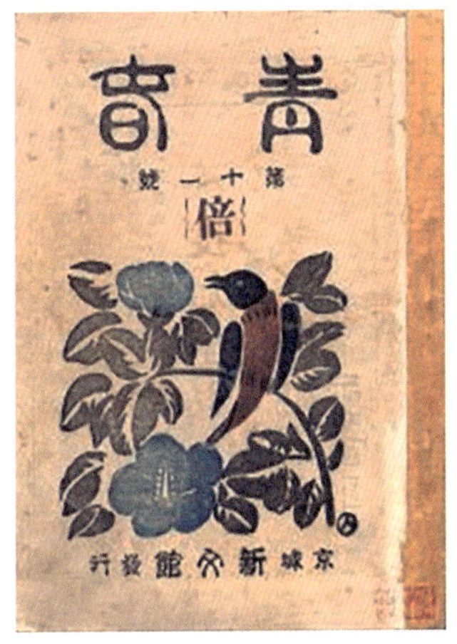

김명순이 소설 「의심의 소녀」로 당선되어 등단한 『청춘』 11호(1917)

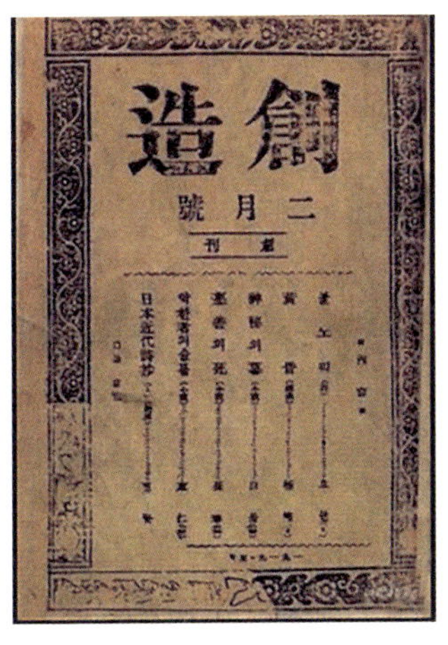

김동인, 주요한, 전영택과 김명순이 참여한 『창조』(1919)

서 세 번째 여성 기자였다고 하지요. 그때 염상섭이 동료였다고 하니 신기합니다. 왜 그런 사실은 잘 드러나지 않을까요. 그의 활약은 거기에 멈추지 않습니다. 영화 〈나의 친구여〉, 〈꽃장사〉, 〈젊은이의 노래〉 등에서 주연 배우로 출연하기도 했어요. 『개벽』(제28호, 1922. 9.)에 보들레르 시 「저주받은 여인들Fammes damnées」을 「저주의 여인들」이라 번역해 실었고, 다음 호에 에드거 앨런 포Edgar Allan Poe (1809~1849)의 단편소설 「밀회The Assignation(1834)」를 「상봉相逢」이라 번역했습니다. 그 외에도 다섯 개 국어에 능통했다고 하네요.

1세대 신여성으로서 김명순은 사람들의 눈길을 끌 만큼 여러 방

1927년 31세 때 김명순
(사진 여성문화예술기획)

면에 재주가 특출했네요. 이런 자질이면 우리 문학사에 이름을 드날려도 괜찮지 않을까요. 그런데 그렇지 못했습니다. 당시 문단은 남성이 주도하고 있었던 터라 김명순의 활약이 눈엣가시였나 봅니다. 빌미가 된 것은 김명순의 출신과 여성으로서 몸가짐이었습니다. 김명순의 어머니는 기생이었다고 합니다. 여전히 신분 차별이 사라지지 않은 때라서 어떻게 그런 천한 유전자를 가진 사람이 우리(남성)와 어깨를 나란히 하거나 나아가 더 돋보여야 되겠냐는 심사였지요. 김명순은 일본 유학 중에 여성으로서 견딜 수 없는 일을 당합니다. 요즘 문제가 되는 소위 데이트 폭력이었습니다. 이에 대해 카프KAPF 기수였던 김기진은 1924년『신여성』에「김명순씨에 대한 공개장」이라는 글을 발표해 김명순에게 주홍글씨 같은 꼬리표를 달았습니다. 어머니에게서 물려받은 '나쁜 피', '정조 상실'을 대놓고 악플 달 듯했습니다. 잠깐, 카프는 1925년 설립된 조선프롤레타리아예술가동맹의 약자예요. 프롤레타리아는 노동자 계급을 말하니 노동자 편에 서서 문학

을 했던 단체를 말해요. 김동인은 소설 「김연실전」을 써 표독스럽
고 성적으로 문란한 인물로 김명순을 그렸습니다.

　이후 김명순은 그러한 이미지로 굳어져 사람들의 비난을 샀습
니다. 김명순은 어떤 태도를 보였을까요. 그녀는 물러서거나 자신
을 탓하지 않았습니다. 오히려 적극적으로 작품을 써 이에 대응했
습니다. 나아가 그녀가 번역한 보들레르의 시구처럼 "나는 애련한
다, 아아 나의 비참한 자매들."이라는 신념을 멈추지 않았습니다.
결심했습니다. 저주받은 사람들을 지옥에 가서라도 '애련哀憐'하겠
다고. "애처롭고 가엾게 여기겠다고." 사랑하겠다고.

자기 목소리로 말하자

뵈는 듯 마는 듯한 설움 속에

잡힌 목숨이 아직 남아서

오늘도 괴로움을 참았다

작은 작은 것의 생명과 같이

잡힌 몸이거든

이 서러움 이 아픔은 무엇이냐.

금단의 여인과 사랑하시던

옛날의 왕자와 같이

유리관 속에 춤추면 살 줄 믿고……

이 아련한 서러움 속에서

일하고 공부하고 사랑하면

재미나게 살 수 있다기에

미덥지 않은 세상에 살아왔었다.

지금 이 뵈는 듯 마는 듯한 설움 속에

생장生葬되는 이 답답함을 어찌하랴

미련한 나! 미련한 나!

─「유리관 속에서」(『조선일보』 1924. 5. 24.)

　이 시는 1924년 5월 24일 『조선일보』에 발표된 시입니다. 같은 시대에 활동했던 김소월이나 한용운의 시에 익숙한 친구들은 이 시가 낯설 것 같습니다. 김소월의 시 「진달래꽃」은 1922년 7월 『개벽』 25호에 발표되었는데 어떤가요? 하도 많이 공부해서 입에 붙지 않은가요. 임을 떠나보낸 슬픔을 견디고 역설적으로 사랑으로 승화했다고들 하지요. 여기서 벗어나 읽자고 했지요. 임이 아니라 내가 주체가 되어 읽자고요. 내가 '역겨워' 간다면 죽어도 눈물 흘리지 않겠다는 다짐으로 읽으면 비록 임과 이별은 슬프지만 나는 또 살아가야 한다는 자기 삶의 이유가 있다는 것이지요. 이러한 시의 주제를 떠나 김명순의 시와 비교할 때 어떤가요. 무엇이 다른가요.

　1926년 출판된 한용운의 시 「님의 침묵」과 이 시를 견주어 볼까요. 임은 나를 떠나갔어도 결코 나는 임을 잊지 않을 것이며 또다시 만날 날을 확신하며 기다리겠다는 다짐을 담았지요. 그래서 이 숭고한 사랑이 종교적으로, 민족적 상황으로 승화되어 변주되어 읽히기도 하지요. 「진달래꽃」과 차이는 무얼까요. 이별을 받아들이는 시적 주체의 태도가 다르네요. 김소월의 시가 보다 주체적이라면 한용운의 시는 비주체적이네요. 이 차이는 아마도 김소월과 한용운의 삶의 폭만큼 거리가 있을 것 같습니다. 김소월이 자기를 둘러싼 삶의 애환을 시에 담았다면 한용운은 보다 큰 자아를 시에 옮겨 놓았다고 볼 수 있지요.

김소월과 한용운의 시와 김명순의 시가 다른 것은 무얼까요. 그것은 '목소리'에 있습니다. 김소월과 한용운이 남성이면서도 여성 목소리를 흉내 냈지만 김명순은 오로지 자기 목소리로 말하고 있네요. 어쩌면 김소월과 한용운의 시에 비해 김명순의 시가 문학 영역에 속하지 않고 자기 고백처럼 보이기도 할 겁니다. 그래서 시로서 미흡하다 여겼던 점도 있습니다. 그렇지만 시적 비유나 수사를 쓰기에는 시인의 현실이 너무 급박해 보입니다. 그만큼 여유가 없습니다. 일부러 그렇게 한 것이라는 사람도 있습니다. 글쓰기 전략이라는 거지요.

이 시에서 시인이 겪고 있는 '괴로움', '아픔', '서러움'은 당시 남성 시인들도 가졌던 상실감입니다. 1920년대 남성 시인들이 보였던 이런 정서는 나라 잃은 상황을 은유했습니다. 그런데 김명순에게 이러한 고통은 실제 현실입니다. 여성이 '일하고 공부하고 사랑하는' 삶은 쉽게 허용되지 않습니다. 세상은 여성을 '유리관' 속에 가두어 놓으려 하고 거부하면 '금단의 여인', 즉 아무 일도 못하게 낙인을 찍었지요. 이때 구원의 손길을 내밀 '옛날의 왕자'는 환상에 불과하다는 것을 깨닫는 순간 시인은 보잘 것 없습니다. 아예 생매장, 즉 산 채로 무덤에 들어간 꼴이지요. 이를 알아챈 순간 시인은 스스로 '미련한' 존재임을 고백합니다. 이는 당시 남성 시인의 나약한 모습과는 다르지요. 자기 자신을 분명하게 알게 되었으니까요. 우리도 솔직하게 자신을 바라보고 표현했으면 합니다.

나를 떠나 여행하자

조선아 내가 너를 영결永訣할 때

개천가에 고꾸라졌던지 들에 피 뽑았던지

죽은 시체에게라도 더 학대해다오.

그래도 부족하거든

이 다음에 나 같은 사람이 나더라도

할 수만 있는 대로 또 학대해보아라

그러면 서로 미워하는 우리는 영영 작별된다

이 사나운 곳아 사나운 곳아.

—「유언」(『조선일보』, 1924. 5. 29.)

초등학교 때 죽음 체험한다고 유언을 써보지 않았나요. 죽음
에 이르러 마지막 남기는 말이니 얼마나 비장할까요. 비장하다는
것은 슬프지만 감정을 억눌러 해야 할 일은 할 때 쓰는 말이죠. 하
이데거는 죽음에 앞서가 보라 말합니다. 어떻게 살아있으면서 죽
음을 맛볼 수 있나요. 철학자의 말이니 쉽게 한 말은 아니겠죠. 시
간을 앞당겨 가보라는 뜻으로 이해하면 될까요. 그렇습니다. 유언
을 남기는 것은 죽음과 맞닿아 있으니 죽음을 미리 맞이하는 글쓰
기라 할 수 있지요. 하이데거가 죽음에 앞서가 보라는 것은 죽음보
다는 삶 때문이에요. 인간은 반드시 죽어야 할 운명 앞에 서 있습니
다. 그만큼 죽음 이후의 시간은 아무런 의미가 없지요. 그러니 오늘
내가 살고 있는 지금 이 시간을 의미있게 살라는 것이지요. 소극적
으로 살지 말고 세상의 흐름에서 벗어나 스스로 쌓은 생을 노래하
라고 말합니다.

하루하루 우리는 어떤 마음으로 살고 있나요. 마음속 두 가지
흐름이 있다고 합니다. 불안과 공포입니다. 뭔가 두려움을 느끼는
것은 지난 일 때문이지요. 특히 실패의 쓴맛을 본 친구들은 더욱 그
렇죠. 그런데 이미 지난 과거가 아닌가요. 비록 꿈속에도 자주 나타
나기는 하지만 지금 이 순간은 아니잖아요. 우리는 왜 불안에 떠는
가요. 아직 오지 않은 미래의 일인데 말이에요. 하이데거는 이 불안

과 공포에 싸인 일상에서 벗어나는 방법으로 '여행'을 권유합니다. 물론 비유예요. 실제 어디 먼 곳으로 떠나는 여행을 말하는 것은 아니지요. 철학자이니 말 그대로 얘기하지는 않았겠지요. 인간은 일상에서 추함과 아름다움을 번갈아 체험한다고 합니다. 하이데거는 이 순간이 중요하다고 하네요. 인간이 자기 본래 모습을 회복할 수 있는 낌새이기 때문입니다. 우리가 이를 잘 알아차렸으면 좋겠어요. 무엇이 아름답고 추한지 분간해야 나는 어떻게 살지 결정할 수 있기 때문이에요.

이 시는 김명순의 출생이나 아픔과 관련이 있습니다. 앞서 김기진이 1924년 『신여성』에 「김명순씨에 대한 공개장」이라는 글을 썼다 했지요. 김기진은 소설가이자 평론가입니다. 필명 김팔봉으로 더 유명하지요. 『백조』 동인이었고, 토월회를 만들었으며 1923년 처음으로 『개벽』에 프롤레타리아 문학 이론을 소개합니다. 그만큼 사회 현실에 깊이 참여했던 작가지요. 그러다 변절하여 친일에 앞장섭니다. 소위 친일반민족행위자로 전락합니다. 그가 김명순의 작품을 비평한다는 명목으로 글을 쓰며 작품보다는 작가의 성격이 히스테릭하고 작품이 애상주의적이라고 단정합니다. 애상은 밝은 모습이 아니라 슬픔이 가득하다는 뜻입니다. 그리고 그 원인을 여러 가지로 드는데 그 중 김명순에게 '불순한 부정한 혈액'이 흐르고 있어서 그렇다는 겁니다. 무슨 말이냐면 김명순의 어머니가 기생 출신이기에 김명순의 작품도 그렇다는 거지요. 또 하나는 김명순이 일본 유학 시절 데이트 폭력을 당하는데 그것을 '남성에게 정벌征伐을 받았다'고 표현하네요. '정벌'은 '적이나 죄 있는 무리를 무력으로 공격'하는 것인데 남성 책임보다 여성 잘못이 크다는 것이지요.

김명순은 작품으로 평가받기보다는 문학 외적인 이유로 비난을 받습니다. 그것도 말이 되지 않는 궤변으로 말이에요. 이 시는 그러한 상황을 잘 담고 있네요. 김명순은 문단에서 미움받으면서 몸을 숨기지 않고 당당히 할 말을 합니다. '학대'라고 명확히 말합니다. 시 「유리관 속에서」는 고백하는 목소리로 차분하게 자신을 표현했지요. 이 시에서는 비판적 목소리로 말하네요. 살아서도 죽어서도 세상과 타협하지 않고 싸우겠다는 의지를 드러내는 거지요. '아주 작별'하겠다는 결심은 다시 하이데거로 돌아가면 결단을 내리는 것이고, 현실에서 벗어나 여행을 떠나는 겁니다. 프랑스 시인 랭보Arthur Rimbaud(1854~1891)는 열일곱 나이에 「나쁜 혈통」이란 시를 씁니다. 김명순이 남에게서 '나쁜 피'로 비난받았는데 랭보는 자기를 스스로 부정함으로써 세상을 비판한 거지요. 19세기 랭보가 살았던 프랑스가 가식과 허위에 차 있다고 저주하여 '지옥'이라 말합니다. 그처럼 김명순도 나의 부정함을 탓하는 세상이 오히려 불결하다는 것을 꼬집고 있는 거지요. 그리고 그러한 세상과 결별하겠다고 싸우겠다고 유언하듯 말하는 거지요. 그처럼 우리도 주어진 조건이나 배경에 얽매이지 말고 자기 자신을 위해 나날이 결심하는 삶이었으면 합니다.

자기와 화해하자

1

심야이다

사위四圍 고요하다

버릇이 되어, 산같이 그득 쌓인

책장을 치어다본다

하나씩 사들이던 고난을 회상한다

2

그것이 모두

-무지無知의 원圓을 전개시키는 수밖에 없다-

일러온 것을

기氣를 가다듬고 머리를 흔들다가도

어머니! 고요히 부르짖고

천장天井을 우러러 한숨짓는다

3

신성神聖을 말씀하시는 그 이마

검은 안경 밑에 청록색의 안광眼光

나의 무릎을 잊게 하시려고

가지가지로 표정하시던

위엄과 사랑과 진실됨

당신에게로 내가 갑니다. 또한

오시도록 기다리옵니다

4

일장一場 거룩한 장면이 지나면

그의 생시와 같이 하얗게 입고

기다란 속눈썹 아래 둥그런 눈동자

아름다운 코와 입모양이 한층 더 정화淨化되어

-애처로운 내 아기 그렇게 괴로워서-

꽃의 정情 같이 천장 위로 나타난다

아름다운 꽃밭에 즐거운 시냇가에

오빠야 누나야 동무야 부르짖던 일

다 옛날이었고 그나마

지금은 안 계신 내 어머니

나와 피와 살을 나누신 그 이가

내 생활과 내 사랑을 아시는 듯

유명계幽明界를 통하여 오는

밤마다 때마다

눈물을 짓는다

—「심야深夜에」(『동아일보』, 1938. 4. 23.)

김명순은 초기에 세상과 싸우는데 바빴지요. 시 「유리관 속에서」에서 보듯 자기 목소리를 잃지 않기 위해 안간힘을 썼습니다. 그리고 시 「유언」에서처럼 물러서지 않고 세상과 대면했지요. 이러한 시인의 모습은 고백과 비판의 목소리 속에 담겨 있는 걸 알겠지요. 그가 당한 고난은 출생과 처신 때문이었지요. 그가 지키려는 자기는 어쩌면 벗어나고 싶은 존재일지도 모릅니다. 김명순도 이 두 가지 감정에서 고통스러웠어요. 사랑하면서도 미워할 수밖에 없는 나를 생각해 보세요. 우리도 그렇지 않나요. 김명순에게 애증의 대상은 자기이기도 하지만 어머니라고 생각해요. 김명순은 이 시에서 어머니와 다시 만납니다.

앞서 김명순이 보들레르의 시「저주받은 여인들Femmes damnées」를 번역했다고 했지요. 보들레르도 어머니 때문에 평생 고통 속에 지냈다고 하네요. 어린 시절 아버지를 잃고 어머니가 재혼하였으니 상실감이 컸지요. 그렇게 어머니를 그리워하는 마음이 그의 시에 바탕이 되었어요. 두 가지 감정이었지요. 아름다움과 추함. 어머니는 보들레르에게 가장 아름다운 존재이기도 했지만 또 가장 추하기도 했지요. 그래서 보들레르의 유명한 시집『악의 꽃』은 숭고함과 그로테스크함을 동시에 담고 있다고 말하지요.

숭고함은 높고 고상한 상태입니다. 예술에서 가장 최고로 치지요. 대표적인 작품이 오이디푸스 신화예요. 아버지를 죽이고 어머니를 아내로 맞는 비극 말이에요. 사람들은 이 작품을 보며 오이디푸스에 대해 연민과 공포를 동시에 느낀다고 합니다. 오이디푸스의 처지가 가련해 측은하게 여기기도 하지만 나도 그런 비극적 상황에 처하면 어쩌나 하는 공포를 느낀다고 합니다. 이를 숭고미라고 하네요. 인간 힘으로 어쩌지 못하는 비극적 상황에서도 이를 극복하고자 하는 의지에서 나오는 아름다움이라 할 수 있지요. 그로테스크는 흉측하고 우스꽝스러운 경우를 통틀어 말하는 것인데, 공감과 혐오를 동시에 느낀다고 해요. 다른 측면에서 숭고미와 비슷하지요. 그래서 보들레르는 어머니를 그리워하기도 하고 미워하기도 하는 것이지요. 아름다움을 아름답다고 이야기하는 것은 쉬운 일이죠. 추함에서 아름다움을 창조하는 시인이 최고입니다. 보들레르가 그렇고 김명순도 그렇습니다.

이 시를 보면 어머니는 이제 이 세상 사람이 아니네요. 그런데 '유명계幽明界'에 있다고 하니 안타까워요. 거기는 지옥과 같은 곳이니까요. 어머니는 자식 때문에 죽어서도 편한 곳으로 가지 못했나 봅니다. 백석 시「흰 바람벽이 있어」에 등장했던 어머니 모습이 생각나나요. 흰 바람벽에 가난한 늙은 어머니가 비쳐 추운 날에도 차디찬 물에 손을 담그고 무와 배추를 씻고 있는 모습 말이에요. 이 시에도 어머니가 나타납니다. '나와 피와 살을 나누신' 존재입니다. 시인은 이제 그 어머니에게 돌아가려 합니다. 그것은 지치고 힘들어 어머니의 품으로 돌아가고 싶은 욕망이기도 하지만 어머니의 분신이며 우리의 근원이기 때문에 고향으로 돌아가는 것과 같아요. 그리고 거기에는 '나쁜 피'가 흐르고 있네요. 이제 시인은 그러한 자기와 만나고자 합니다. 어머니에게로 돌아간다는 뜻이 곧 나를 있게 한 곳으로 돌아가는 것이기 때문입니다. 이는 그동안 부정하고 외면하기도 했던 자신을 있는 그대로 받아들이는 행위입니다. 우리도 멀어진 나와 화해할 때가 있어야 합니다. 그래야 비로소 나이죠.

같이 살길을 준비하자

귀여운 내 수리

사람들의 머리를 지나

산을 기고 바다를 헤어

골속에 숨은 내 맘에 오라.

맑아가는 내 눈물과

식어가는 네 한숨,

또 구르는 나뭇잎과

설운 춤추는 가을나비,

그대가 세상에 없었던들

자연의 노래 무엇이 새로우랴.

귀여운 내 수리 내 수리
힘써서 아프다는 말을 말고
곱게 참아 겟세마네를 넘으면
극락의 문은 자유로 열리리라.

귀여운 내 수리 내 수리
흘린 땀과 피를 다 씻고
하늘 웃고 땅 녹는 곳에
골엔 노래 흘리고 들엔 꽃 피자

그대가 세상에 없었던들
무엇으로 승리를 바라랴.

그때까지 조선의 민중
너희는 피땀을 흘리면서
같이 살길을 준비하고
너희의 귀한 벗들을 맞으라

—「귀여운 내 수리」(『생명의 과실』, 한성도서, 1925.)

김명순 시집 『생명의 과실』(한성도서, 1925.)
(사진 『한국민족문화대백과사전』)

김명순이 소설도 썼다고 했지요. 소설은 원래 '내가 누구인가'를 증명하고 주장하려는 장르입니다. 옛날 사람들은 원래 죄가 있어 여성으로 태어난다고 생각했습니다. 남성 선호 인습 때문이지요. 기독교에서도 인류의 조상인 아담과 이브가 낙원에서 쫓겨난 것을 이브 탓으로 돌리지요. 이브, 즉 여성이 뱀의 유혹에 빠져 아담, 즉 남성을 타락시켰기 때문이라는 이유죠. 김명순은 이러한 여성 현실을 인정하지 않으려 소설을 씁니다. 세상은 그에게 속죄할 것을 강요하지만 그럴 수는 없다고 생각한 거죠. 누가 누구에게 죄를 물을 수 있나요. 김명순은 자기 삶의 주인이길 말하려 합니다. 그 소설이 『탄실이와 주영이』이입니다. 1924년 6월 14일부터 7월 15일까지 『조선일보』에 28회 연재되었지요. 자전 소설, 즉 자기의 생애나 생활 체험을 소재로 쓴 소설입니다. 물론 소설이니 소재를 있는 그대로 표현하지 않고 작가가 어떤 의도대로 꾸며서 쓰지요. 이 소설에서 탄실이는 김명순이죠. 원래

어렸을 때 이름, 아명兒名이 탄실彈實이었으니까요. 주영이는 실재 인물은 아니고 당시 독립운동가를 모델로 삼았다고 하네요. 그래서 주영이는 일본에게 미움을 사고 탄실이는 우리나라에서 미움받은 사람이죠. 중요한 건 어떤 상황에서도 여성이 차별받고 있다는 현실입니다.

소설과 달리 시는 '어떻게 살아야 할까'를 담는 장르입니다. 그래서 어떤 사실에 집착하지 않고 말할 수 없는 진실에 대해 이야기해요. 시 「귀여운 내 수리」는 시인이 소설 속, 혹은 현실의 탄실이에서 벗어나 변신하는 모습을 담았어요. 첫 번째는 '수리'예요. 독수리라고 하면 될까요. 시인은 수리를 귀엽다고 여깁니다. '사랑스럽다'는 것을 조금 어리게 표현한 거지요. 그녀는 탄실이로 살 수 없다고 결심했어요. 미움받고 미워하는 그런 일을 그만 두고 싶은 거지요. 독수리는 서양에서 신과 인간을 연결하는 매개체로 여긴 것을 아는지요. 그만큼 귀하지요. 그녀는 지배하지 않으면서도 패배하지 않는 존재지요. 시인은 자신의 승리와 자유를 원해요.

비운의 조각가 카미유 클로델Camille Claudel(1864~1943)을 아나요. 그녀의 사연은 영화로도 만들어졌지요. 그녀는 로댕의 연인으로 지내다 버림받고 정신 병원에서 생을 마감했지요. 로댕은 왜 그녀를 버렸을까요. 그녀가 로댕의 명성을 능가할 만큼 예술적 재능이 뛰어났기 때문이에요. 김명순의 삶과도 비슷하지 않나요. 불행한 최후를 맞았지만 예술은 남아 우리에게 무언가 배울 점을 주는 것이 신기해요. 다시 김명순의 시로 돌아가 보지요. 시인이 사랑하는 '수리'는 누구인가요. 바로 '조선의 민중'입니다. 시인은 조선 사람들이 서로 갈라지지 말고 같이 살 길을 찾으라 호소합니다. 왜요? 미래에 오는 '벗'을 맞을 준비를 하라 말하네요. 바로 여러분들 아닐까요.

시 「길」(『생명의 과실』, 한성도서, 1925.)
(사진 『한국민족문화대백과사전』)

고독 속에서 벗어나
사람들 속에서 빛나는

정지용

음악의 아버지는 바흐^{Johann Sebastian Bach}(1685~1750) , 어머니는 헨델^{Georg Friedrich Händel}(1685~1759)! 이렇게 부르게 된 데는 일본 사람들 때문입니다. 'Literature'가 무슨 뜻인지 알지요. 13세기 서양에서 라틴어로 '읽고 쓸 줄 아는 능력' 정도였는데, 이 말이 19세기 들어 오늘날 뜻이 담긴 '글쓰기'로 굳어집니다. 그것을 일본 사람들이 '문학'이라 번역했습니다. 'Philosophy'를 '철학'이라 이름 붙인 것처럼 '문학'이라고 학문처럼 높여 놓았으니 어떡해요. 여러분이 문학이라 하면 싫어하는 이유이기도 합니다. 그처럼 일본 사람들은 외국 문물을 받아들이며 그때그때 이름 붙이기를 좋아합니다. 상업적인 의도가 있기도 해요. 사람들의 눈길을 끌려는 마음이 있으니까요. 문제는 우리 문화가 아직도 일본의 그림자를 벗지 못하고 있어 안

정지용(1902~1950)

타까워요. 이제는 K-문화로 역전되기는 했지만. 바흐를 음악의 아버지로 부른 데는 바로크 시대를 마감하고 오늘날 현대 음악을 열었기 때문이지요. 마찬가지로 헨델이 음악의 어머니로 불리는 까닭은 수많은 곡을 작곡해 종교 음악을 풍성하게 해서이지요.

우리 문학에도 아버지와 어머니 같은 문인이 있습니다. 시는 정지용, 산문은 이태준이라고 말들 하지요. 이태준에 대해서는 다른 자리를 마련해 이야기하고 정지용에 대해 살펴보지요. 특히 정지용을 왜 우리 현대시의 아버지로 여기는지 말입니다. 어떻게 시인이 되는 걸까요. 일간지 신문에서 매년 초에 주관하는 '신춘문예'를 통해 등장하는 것이 대표적이지요. 지금은 열기가 시들하지만 얼마 전까지만 해도 누가 신춘문예 당선되었는지 세상 관심거리이기도 했지요. 옛날 과거에 장원 급제하는 것과 비교하면 너무할까요. 그만큼 문청文靑, 즉 문학을 사랑하고 문인이 되는 것이 꿈인 청년들에게는 대단한 일이었지요. 부럽기도 하고. 또 다른 길은 문예지를 통해 등단하는 겁니다. 참, 문인

즉, 시인이 되는 것을 '등단'이라고 합니다. '등登'은 '오른다'는 말이고. '단壇'은 교실 앞에 선생님이 서 있는 '교단' 같은 것을 말합니다. 그래서 '교단에 오른다', 달리 말하면 '처음 높은 곳에 오른다' 정도로 이해하면 좋을 것 같네요. 특별히 문인들이 어울리는 집단을 '문단文壇'이라고 해요. 그러니 등단은 문단의 일원이 되는 거지요.

정지용은 문단에 들어서는 길목에서 신인들이 시인으로 자격을 갖추었나 선정하는 일을 맡았습니다.『문장文章』이라는 문예지 편집 위원이었지요. '청록파' 시인들에 대해 들어 봤지요? 조지훈, 박목월, 박두진이 1946년 동인 시집『청록집』을 묶어 그들을 두고 그렇게 불렀지요. 이들은 식민지 시대에 시인으로 등단했는데 모두 정지용이 뽑았습니다. 이때 시인이 되는 절차는 한 번으로 끝나는 것이 아니라 세 번에 걸쳐 심사를 받아야 했지요. 그것을 '추천'이라 해요. 청록파는 우리 시단의 한 축으로 오늘날도 영향력이 있지요. 그 외 1930년대 우리 시를 대표하는 시인들이 정지용을 거쳐 등단합니다. 이상李箱의 시를『가톨릭 청년』에 소개하고, 해방 후 윤동주의 시를『경향신문』에 소개했으며 시집『하늘과 바람과 별과 시』를 내는데 주도적 역할을 했지요. 그래서 많은 시인들의 스승이라 할 수 있습니다. 이를 두고 '지용의 에피고넨epigonen'들이 시단을 지배하고 있다고 비꼬기도 합니다. '에피고넨'은 독일말로 '추종자', '후

옥천 정지용 생가(사진 『한국민족문화대백과사전』)

계자'란 뜻입니다. 한마디로 '지용 따라쟁이'라 비아냥대는 거예요. 그만큼 영향력이 대단했지요.

정지용은 한국전쟁 중에 북으로 끌려갔다고 하네요. 비록 스스로 간 것은 아니지만 오랫동안 이름을 입에 담지 못했어요. 그래서 문학사에는 '정○○'식으로 적었지요. 그러다 1988년 그동안 금기시됐던 시인 작가 120명이 '해금' 즉 풀려나는 일이 벌어졌어요. 올림픽을 개최하는 나라에서 쉬쉬하며 진실을 외면해서는 안 된다는 분위기가 가득했으니까요. 우리 문학이 반쪽에서 벗어나 온전히 이야기해야 한다는 것이지요. 그래서 정지용의 시 '향수'가 사람들 손에 다시 돌아왔고 노래로까지 만들어 부르게 됐지요.

잃어버린 시간을 찾아가자

넓은 벌 동쪽 끝으로

옛이야기 지줄대는 실개천이 회돌아 나가고,

얼룩백이 황소가

해설피 금빛 게으른 울음을 우는 곳,

―그 곳이 참하 꿈엔들 잊힐리야.

질화로에 재가 식어지면

뷔인 밭에 밤바람 소리 말을 달리고,

엷은 조름에 겨운 늙으신 아버지가

짚벼개를 돋아 고이시는 곳,

—그 곳이 참하 꿈엔들 잊힐리야.

흙에서 자란 내 마음

파아란 하늘 빛이 그립어

함부로 쏜 화살을 찾으려

풀섶 이슬에 함추름 휘적시든 곳,

—그 곳이 참하 꿈엔들 잊힐리야.

전설傳說 바다에 춤추는 밤물결 같은

검은 귀밑머리 날리는 어린 누이와

아무러치도 않고 예쁠것도 없는

사철 발벗은 안해가

따가운 해ㅅ살을 등에 지고 이삭 줏던 곳,

—그 곳이 참하 꿈엔들 잊힐리야.

하늘에는 석근별

알 수도 없는 모래성으로 발을 옮기고,

서리 까마귀 우지짖고 지나가는 초라한 집웅,

흐릿한 불빛에 돌아 앉어 도란 도란거리는 곳,

―그 곳이 참하 꿈엔들 잊힐리야.

―「향수鄕愁」(『조선지광』 3월호, 1927.)

정지용 하면 단연 「향수」죠. 김소월 하면 「진달래꽃」이듯. 정지용 작품이 금지에서 풀려난 한참 후에 대중가요로 만들어져 불리게 되지요. 많은 사람들이 즐겨 불러 소위 '국민 노래(?)'라 할 만하지요. 사실 1939년에 채동선이 작곡한 가곡 「향수」가 있기는 하지만 사람들이 쉽게 부르기는 어려웠나 봅니다. 모르는 사람이 많으니 말이에요. 그런데 여러분은 '고향'이라는 말을 들으면 어떤 느낌이 드나요. 별생각이 없지요. 우스갯말로 여러분 고향은 'OO 산부인과'라 해도 이상하게 들리지 않으니까요. 그만큼 고향이란 말은 어른들이나 쓰는 말처럼 되었네요. 특히 도시에 사는 사람들에게는 낯설죠. 태어난 곳에서 멀리 떠나 봐야 알 텐데 말입니다. '향수'가 '고향을 그리워하는 마음이나 시름'을 뜻하는 것이니 그 그리움과

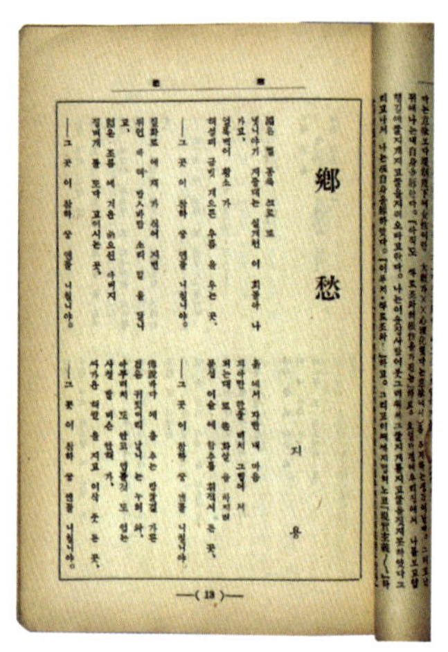

시 「향수」(『조선지광』 65호, 1927.)
(사진 『한국민족문화대백과사전』)

시름을 쉽게 이해할 수는 없겠죠.

그럼, 이렇게 생각해 볼까요. '고향' 대신에 그리운 대상을 생각하는 것으로 하면 어떨까요. 그러면 조금 실감 날까요. 정지용에게 고향은 그런 곳입니다. 이 시를 읽으면 그림이 잘 그려집니다. 사진을 보듯 금방 풍경이 떠오릅니다. 정지용 고향은 충북 옥천이라는 곳이에요. 물론 시에 표현된 공간은 이제 사라지고 없어요. 그만큼 세월이 많이 흐른 탓이지요. 그래도 시에 등장하는 사물과 인물을 보면 상상이 되지요. '실개천, 얼룩백이('얼룩빼기'가 표준말) 황소, 밭에 부는 바람, 졸고 있는 아버지, 화살, 이슬 맺힌 풀밭, 밭일하는 누이와 아내, 석근별, 서리 까마귀' 등이 읽는 사람에게 시각적 길을 열어 주지요. 어휘 풀이는 학교 수업 때 공부하면 되겠지요. 참고서에도 잘 설명돼 있겠지요. 시험도 보고 말입니다. 정지용은 이들 풍경 속에서 잃어버린 것을 그리워하며 마음에 슬픔을 다독이고 있네요. 여러분은 어떤 일들을 잊을 수 없나요. 그것은 아마 어떤 사물과 사람과 같이 떠오를 겁니다.

이 시에서 궁금한 게 있어요. 고향을 그리워하는 마음은 어느 정도 이해할 수 있는데 왜 어머니가 시에 등장하지 않을까 하는 겁니다. 실제 어머니가 살아 있는데도 말입니다. 우리 시에서 고향 하면 곧 어머니를 연상하게 되는데 이 시에서는 그렇지 않으니 궁금할 따름이에요. 아무래도 이 시는 그리움보다는 시름이 더 큰 것 같습니다. 이 시는 실제 1927년 발표되기 전 1923년에 썼다고 합니다. 그때 정지용은 고향을 떠나 서울 유학한 지 팔 년째이며 곧 휘문고보를 졸업하고 일본 유학을 앞두고 있었지요. 어머니를 그리워하지 않은 것은 아닐 겁니다. 다만 아버지에 대해 더 아픈 마음이 있었을 겁니다. 정지용은 너무 가난하여 서울로 진학할 형편이 못됐어요. 그만큼 아버지의 존재감이 없었지요. 그를 돌봐 준 사람은 휘문고보 설립자 민영휘였습니다. 학비를 대주고 일본 유학까지 보내 주었으니까요. 아버지 역할을 대신 한 셈이지요.

정지용의 마음은 어땠을까요. 자신을 돌봐 준 휘문고보 설립자에게 고맙기도 했겠지만 정작 아버지를 생각하면 상처가 되었을 거예요. 그렇게 보니 시 「향수」는 아버지 품에 있던 시절을 그리워하고 있네요. 가난하고 초라했지만 잊을 수 없다고. 잊어서는 안 된다고. 고향에 있는 아버지를 버릴 수 없는 것은 자기 정체성의 근원이기 때문이지요. 정지용이 우리 시의 아버지라 불리는 것과 무관

하지 않을 거예요. 자신을 보살피지 못했던 아버지의 심정으로 후
배들을 대하지 않았을까요. 이처럼 아마도 여러분에게 잃어버린 시
간이 있을 겁니다. 어쩌면 부끄러워 숨기거나 외면했던 순간일지도
모릅니다. 성장한다는 것은 역설적으로 잃어버린 시간을 찾아 되
돌아가는 일이라 생각합니다. 거기에 나다운 내가 있으니까요.

안으로 열熱하고 밖으로 서늘하게 하자

유리琉璃에 차고 슬픈 것이 어린거린다.

열없이 붙어서서 입김을 흐리우니

길들은양 언날개를 파다거린다.

지우고 보고 지우고 보아도

새까만 밤이 밀려나가고 밀려와 부디치고,

물먹은 별이, 빤짝, 보석寶石처럼 백힌다.

밤에 홀로 유리琉璃를 닥는 것은

외로운 황홀한 심사 이어니,

고흔 폐혈관肺血管이 찢어진 채로

아아, 늬는 산山ㅅ새처럼 날러 갔구나!

—「유리창1」(『조선지광』 1월호, 1930.)

이 시를 두고 후대 사람들이 이런저런 말들을 많이 합니다. 시를 쓴 배경 때문이지요. 죽은 아들을 기리며 썼다는 사람도 있고, 딸이라는 사람도 있습니다. 아들인지 딸인지에 따라 시가 달라지는 것은 아니니 큰일은 아닌 것 같아요. 공부하는 연구자들의 태도가 원래 그런 점이 있습니다. 무언가 밝혀 정확하게 하는 것이 학문의 근본이라 생각하기 때문이지요. 바람직한 태도이기는 하지만 시를 감상하는 데 그렇게 중요한 것 같지는 않네요. 그래도 이 시는 죽은 아들을 생각하며 쓴 것이 분명합니다. 친구인 박용철이 1935년 12월『동아일보』에 이 시를 말하며 정지용이 아들을 잃은 슬픔을 담고 있다고 했으니까요. 친구 사이니 정확한 정보이고 기록에 있는 것이니 믿을 만합니다.

무엇보다도 이 시는 정지용의 시 쓰기 방식을 잘 보여줍니다. 정지용은 울고불고하는 슬픔이나 자기 열정에 겨워 기뻐하는 감격을 시로 표현하는 것을 아주 싫어합니다. 남을 슬프게 하려면 자기가 먼저 슬퍼해서는 안 되고, 섣불리 흥분해서도 안 된다는 뜻이지요. 그래서 당시 비평가들이 그의 시를 알아듣지 못하겠다고 비판합니다. 감정이 드러나지 않고 기교만 부린다고 탓하는 것이지요. 그렇게도 보입니다. 하지만 그렇다면 정지용을 시의 아버지라 부르지는 않겠지요. 1920년대 우리 시는 슬픔으로 가득했습니다. 나라 잃은 상처가 커 시에 그러한 정서를 담을 수밖에 없었지요. 그러다 보니 시가 좋지 않았어요. 그런 측면에서 정지용의 시 쓰기는 새로운 것이지요.

이 시를 읽을 때 여러분도 시인이 감정을 억누르고 있구나 하는 생각이 드나요. 특히 자식이 죽었는데 그것을 시로 쓸 생각을 하다니. 그리고 이렇게 차분하다니. 자식을 잃은 슬픔은 하늘이 무너지는 것과 같다고 했는데 어쩌면 이토록 냉정할 수 있을까요. 그런데 이 시를 읽으면 읽을수록 더 슬픈 것은 왜일까요. 정지용이 시인으로서 세상을 대하는 태도이기도 하지만 시의 효과가 다른 시보다 크기 때문일 것 같아요. "슬픈 엄마가 기쁜 아기를 낳았다."는 정지용의 유명한 말로 설명이 될까요. 슬픔이 깊을수록 기쁨은 더 큰 것이라고 생각하면 말이에요. '안으로 열熱하고 밖으로 서늘한' 상태도 마찬가지 아닐까요.

'유리'라는 질감이 차갑네요. 상상해 볼까요. 자식을 잃고 문득 유리창 밖을 바라보니 무언가 어른거리네요. '차고 슬픈 것'이 '날개를 파다거린다'고 있네요. 죽은 아이의 환영은 아닐까요. 그러다 다시 보니 캄캄한 밤이네요. 별만 반짝이네요. 그 별은 '물먹은 별'. 시인의 눈에 눈물이 가득 고인 것은 아닐까요. 눈물 먹은 눈으로 바라보는 별. 아이는 '폐혈관이 찢어진 채로' 산새처럼 사라졌군요. 실제 정지용의 아들은 폐결핵으로 죽었다고 하네요. 이 시에서 가장 어려운 표현은 시인의 마음이 '외롭고 황홀하다'는 겁니다. 시의 특성이에요. 아이러니라 할까요. 외로운 감각과 황홀한 감각의 충돌이 시를 시답게 하니까요. 백석이 「흰 바람벽이 있어」에서 자기 마음이 '외롭고 높고 쓸쓸하다'고 했던 것과 같네요. 정지용처럼 지금은 외롭고 쓸쓸하지만 '높고 황홀한' 여러분이었으면 좋겠어요.

창을 열고 튀어 나가자

산ㅅ골에서 자란 물도
돌베람빡 낭떨어지에서 겁이 났다.

눈ㅅ뎅이 옆에서 졸다가
꽃나무 알로 우정 돌아

가재가 긔는 골작
죄그만 하늘이 갑갑했다.

갑자기 호숩어질랴니
마음 조일 밖에.

흰 발톱 갈갈이
앙징스레도 할퀸다.

어쨌던 너무 재재거린다.
나려질리자 쭐뺏 물도 단번에 감수했다.

심심 산천에 고사리ㅅ밥
모조리 졸리운 날

송화ㅅ가루
놓랗게 날리네.

산수山水 따러온 신혼新婚 한쌍
앵두 같이 상긔했다.

돌부리 뾰죽 뾰죽 무척 고브라진 길이
아기 자기 좋아라 왔지!

하인리히 하이네ㅅ 적부터

둥그란 오오 나의 태양太陽도

겨우 끼리끼리의 발굼치를

조롱 조롱 한나잘 따러왔다.

산간에 폭포수는 암만해도 무서워서

긔염 긔염 긔며 나린다.

—「폭포瀑布」(『조광』9호, 1936. 7.)

　　정지용을 '지용'이라 부르곤 하지요. 애칭이라고 할까요. 그러고 보니 빅뱅의 리더 'GD(지 드래곤)'이 떠오르네요. 시인들에게는 아이돌처럼 영원한 존재니까요. 지용은 초기에 감각적인 이미지 시를 씁니다. 그러다 가톨릭 신앙을 바탕으로 종교적인 시를 써요. 1930년대 후반부터는 우리의 전통 서정을 시에 담아요. 그처럼 변화무쌍한 시인도 드물 겁니다. 서양의 모더니즘을 구사하다가 종교적 상상력에 관심을 두기도 하고 전통 정신에 골똘하기도 하니 시 세계가 다채롭고 두텁다는 뜻이지요. 개성 넘치지요.

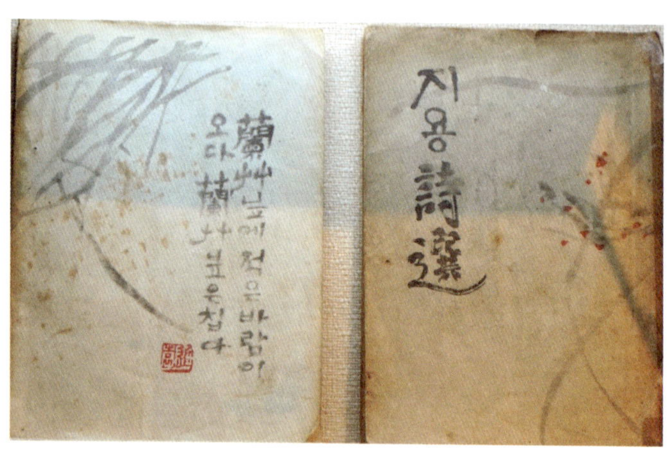

『지용시선』(을유문화사, 1946.)

시 「폭포」는 옛 그림 같아요. 겸재 정선의 그림 '박연폭포'는 아닐까요. 깎아지른 절벽에서 쏟아지는 한 줄기 물 폭탄이 떠오르는데 이 시가 그리는 풍경도 그런가요. 폭포 하면 김수영 시 「폭포」도 생각나네요. '곧은 절벽을 무서운 기색도 없이 떨어지'는 폭포의 힘찬 모습이 시인의 기개를 보여 주기 딱 맞춤이지요. 이 시의 분위기도 그럴까요. 그렇지 않네요. 폭포 물은 겁에 질려 있고, 하늘은 갑갑하고, 기어 기어 내리는 폭포수는 무서워 떨고 있어요. 정선이 그림 속에 펼친 위풍당당한 모습과는 한참 머네요, 김수영처럼 이 세상을 뒤집어 놓을 기세로 떨어지는 곧은 정신은 찾아볼 수 없네요. 어쩌면 이 시가 지용의 면모를 가장 잘 담고 있는지도 모릅니다. 우리가 알고 있는 폭포와는 다른 풍경을 보여 주니까요.

백 년 가까이 된 시라 어휘나 표현이 오늘과는 다르기도 하고 충청도 사투리가 끼어 있기도 해서 뜻풀이가 쉽지 않을 것 같네요. 세세한 풀이는 여러분이 스스로 찾길 바랍니다. 수고스럽지만 그것도 재미있지 않을까요. 그렇게 할 수 있

『산문』(동지사, 1949.)

지요. 저는 여러분이 어디서 들을 수 없는 내용을 짚어 줄게요. 지용은 생각이 많은 시인이었지요. 속내를 잘 드러내는 시인이 아니었지요. 이유는 있어요. 시대가 그렇게 만들기도 했어요. 이런 말을 하기도 합니다. "사춘기를 훨석 지나서부텀은 일본놈이 무서워서 산으로 바다로 도피하여 시를 썼다(정지용, 「산문」, 『동지사』, 1949, 31쪽.)." 폭포마저도 주눅 들어 제 모습을 잃고 공포에 떨고 있는 이유를 이 말과 견주면 이해할 수 있을 것 같네요. 그러나 지용이 진짜 하려는 말은 그것이 아닙니다.

지용은 이런 말도 합니다. "괴테^{Johann Wolfgang von Goethe}(1749~1832)는 죽을 때까지도 사치스런 말을 남기었다. 「창을 열어라 좀더 빛

을!」 나는 창을 열고 튀어 나가야만 하겠다(정지용, 「산문」, 『동지사』, 1949, 35쪽.).” 이것이 그가 가슴속에 숨겨 놓은 말입니다. 지용은 섣불리 큰소리 내 주장하지 않아요. 정말 해야 할 말은 깊이 묻어두고 참을 줄 아는 시인입니다. 폭포를 둘러싼 침울한 풍경은 실제 거대한 울분과 분노와 탈출을 감추고 있을 뿐이지요. 이러한 시 쓰기를 아이러니라고 합니다. 우리 모두 지금은 겁먹은 모습이지만 그것이 정말 나는 아니지요. 그러니 닫아건 창문을 열고 폭포처럼 쏟아져 튀어 나가도록 여러분, 잠시 몸을 움츠려 봅시다.

석탄층에서도 빛나는 금강석이 되자

소개疏開터
눈 우에도
춥지 않은 바람

클라리오넬이 울고
북이 울고
천막이 후두둑거리고
기旗가 날고
야릇이도 설고 흥성스러운 밤

말이 달리다

불테를 뚫고 넘고

말 우에

기집아이 뒤집고

물개

나팔 불고

그네 뛰는 게 아니라

까아만 공중空中 눈부신 땅재주!

감람甘藍 포기처럼 싱싱한

기집아이의 다리를 보았다

역기선수力技選手 팔장 낀 채

외발 자전차自轉車 타고

탈의실脫衣室에서 애기가 울었다

초록草綠 리본 단발斷髮머리 째리가 드나들었다

원숭이

담배에 성냥을 키고

방한모防寒帽 밑 외투外套 안에서

나는 사십년전四十年前 처량凄凉한 아이가 되어

내 열살보담

어른인

열여섯 살 난 딸 옆에 섰다

열길 솟대가 기집아이 발바닥 우에 돈다

솟대 꼭두에 사내 어린 아이가 가꾸로 섰다

가꾸로 선 아이 발 우에 접시가 돈다

촛대가 주춤한다

접시가 뛴다 아슬아슬

클라리오넬이 울고

북이 울고

가죽 잠바 입은 단장團長이

이욧! 이욧! 격려激勵한다

방한모防寒帽 밑 외투外套 안에서

위태危殆 천만千萬 나의 마흔아홉 해가

접시 따러 돈다 나는 박수拍手한다.

—「곡마단」(『문예』 2월호, 1950.)

1945년 8월 15일 지용을 옭아맸던 일본이 물러가고 해방을 맞습니다. 새로운 세상이 온 것이죠. 이제 움츠릴 필요가 없지요. 또다시 그는 변신합니다. 마음속으로 되뇌던 다짐, "나는 창을 열고 튀어 나가야만 하겠다."고 실천에 옮기지요. 전통에 머물렀던 몸을 일으켜 현실로 나와 젊은 시인들과 어울립니다. 빼앗겼던 우리 문학을 다시 세우기 위해 애를 씁니다. 그런데 해방이 되고 나라는 혼란에 빠지고 맙니다. 남과 북이 분단되었기 때문이에요. 서로 자신이 더 우월하다고 싸움에 이르게 된 것이죠. 선의의 경쟁을 하며 하나로 통일된 나라를 만들었으면 좋았을 텐데 그러지 못했습니다. 마침내 한국 전쟁이 터지고 지용은 온데간데없이 행방불명이 됩니다. 누구는 인민군에 잡혀 북으로 가다 비행기 폭격으로 죽었다고

동지사대학에 있는 정지용 시비. 시 「압천鴨川」이 새겨져 있다.(사진 wikipedia)

하기도 하고, 또 누구는 평양까지 끌려가 감옥에서 죽음을 맞이했다고도 전합니다. 그러나 아무도 정확한 사실을 알지 못합니다. 그렇게 지용은 우리 곁에서 사라집니다.

전쟁이 날 무렵 지용은 「나비」라는 시를 발표해요. "내가 인제/나븨 같이/죽겠기로/나븨 같이/날라 왔다/검정 비단/네 옷 가에/앉았다가/창窓 흰 하니/날라 간다(『문예』 8호, 1950. 6.)" 자기 앞날을 예감하고 있지 않나요. 나비의 죽음을 보았을 겁니다. 그리고 자신도 그렇게 될거라 생각하고 있네요. 그러면서도 결코 자신이 갈 바를 멈추지 않겠다고 또 마음의 창을 열어 놓네요. 그 나비는 십여년 전에도 시 속에 등장하는데요. 이런 모양입니다. "창窓유리까지에 구름이 드뉘니 후 두 두 두 낙수落水 짓는 소리 크기 손바닥만한

시집 『백록담』(문장사, 1941.)

어인 나븨 다악 붙어 드
려다 본다 가엽서라 열
리지 않는 창窓 주먹쥐
어 징징 치니 날을 기식
氣息도 없이 네 벽壁이 도
로혀 날개와 떤다(『문장』
23호, 1941. 1.)" 비오는 날
유리창에 붙어 살려달라 소리 없이 외치는 모습이 꼭 지용의 처지
같네요.

시 「곡마단」은 지용이 이 땅에서 홀연 사라지기 전 시 「나비」와
1950년 마지막 발표한 시 중 하나입니다. 곡마단이 펼치는 공연을
지금은 볼 수 없네요. 그 자리를 온갖 영상 매체가 차지하고 있으니
옛 풍경이지요. 갖가지 악기 소리가 요란하게 울려 퍼지는 가운데
말 위에서 사람들이 묘기를 보이고, 보지 못했던 동물들이 재주를
부립니다. 그때 지용의 눈길은 외발 자전거 위에서 서커스를 하는
계집아이에게 닿습니다. 그리고 그 아이가 염려하며 챙기는 탈의실
우는 아기를 바라보네요. 둘은 무슨 관계일까요. 형제일까요. 그때
지용은 사십 년 전 자기와 만납니다. 자기를 '처량하게' 여기고 있네
요. 그때 그는 슬플 정도로 외롭고 쓸쓸했다고 하네요. 다시 접시를

돌리는 어린 사내에게 눈길을 돌립니다. 솟대 위 접시는 위태롭습니다. 지용은 아슬아슬한 그 모양이 바로 지금 자기 처지라 여깁니다. 시는 여기서 끝나지 않습니다. 처량하고 아슬아슬한 모두를 응원하네요. 다시 창을 열고 튀어 나가라 박수를 보냅니다.

지용의 시적 면모가 한 곳에 갇혀 있지 않다는 걸 이제 알겠죠. 시 「카페 프란스」처럼 현대적이기도 하고, 「바다」 시편처럼 선명한 이미지를 보여 주기도 하고, 「향수」처럼 우리를 서정에 젖게 하니까요. 그뿐이 아니에요. 『백록담』 시집에서는 우리 국토와 자연의 고고한 전통을 담지요. 그리고 시민 시인으로서 지용은 이 시처럼 위태롭게 살아가는 타자 편에 섰네요. 곡마단 속 어린 재주꾼의 행동과 표정 속에서 자기 존재를 읽고 있는 거지요. 지금까지 살았던 '마흔아홉 해'가 곡마단 사람들처럼 '위험천만'했다고. 지용은 말해요. "시인은 고독과 초조감에서 생활을 영위해서는 안 된다. 고독 속에서 벗어나 대중 속에서 시를 써야 한다. 마치 석탄층에서 더욱 빛이 나는 금강석과도 같이(「시의 옹호」, 『문장』 5호, 1939.)." 여러분도 그렇습니다. 함께 있을 때 더욱 빛나요. 혼자 빛나는 별은 아름답지 않아요. 성좌를 이루며 더불어 빛났으면 합니다.

내일은 청춘을 위하여 폭탄처럼 터지는

김기림

시인하면 주위 사람들과 다른 특별한 존재라 여기기 쉽지요. 무언가 일상에서 벗어나 자기만의 세계에 빠져 세상과 소통하기 어렵거나 아예 관계를 끊어버린 것은 아닌지 의심에 눈초리로 바라보기도 하지요. 어느 정도는 그런 면도 있는 것 같아요. 일등 제일주의나 성공을 강요하는 세상 이치에 별 관심이 없기 때문에 그래요. 가장 자연스러운 상태가 가장 인간적인 것이라 깨달은 결과이기도 해요. 그런데 어찌 보면 그러한 시인은 정형화된 모습이라 할까요. 개성이 없지요. 옛날 선비들이 갖춰야 하는 덕목 같은 것이죠. 그런 측면에서는 전문 시인이라 볼 수 없어요. 그에 비하면 김기림은 정말 시인입니다. 그는 모더니스트로 불리기도 하고 리얼리스트의 반열에 올려놓기도 하지요. 전에 없던 시인의 탄생이에요.

김기림(1908~?)

모던보이라 해요. 우리 시문학사에서는 이 책에 있는 정지용, 이상도 같은 무리로 보았지요.

모더니즘에 대해 잠깐 짚고 가야겠어요. 모더니즘modernism은 서양에서 19세기 말부터 20세기 전반기까지 유행했던 문예 사조예요. 전위적, 실험적 예술운동을 말해요. 전통, 인습에서 벗어나려는 시도죠. 특히 19세기 부르주아 사회의 사회적, 경제적, 도덕적, 철학적 관념을 배격했지요. 그래서 현대의 시대적 상황을 설득력 있게 묘사하는데 기여했어요. 이때부터 삶을 절대적인 것으로 보지 않고 포괄적이며 상대적으로 인식하려 했어요. 전에 다루지 않던 내면, 무의식을 강조하기도 했고요. 창작에 더 열심이었고, 의욕이 넘쳤어요. 우리나라에는 1930년대에 들어왔으니 한 세대가 늦은 셈이죠. 당시 상황은 일제가 군국주의를 강화하여 세계 대전에 참여하려 했기에 정치 사회적으로 불안한 상태였어요. 사회 문화적으로 도시화가 빠르게 진행되었고요. 이때 한국 문학사에서 김기림의 역할이 중요해요. 그는 형식 파괴에 치우친 유럽 모더니즘과 오히려 과도하게 형식에 집중한 영미 모더니즘을 잘 버무려 우리식으로 정착시켰으니까요.

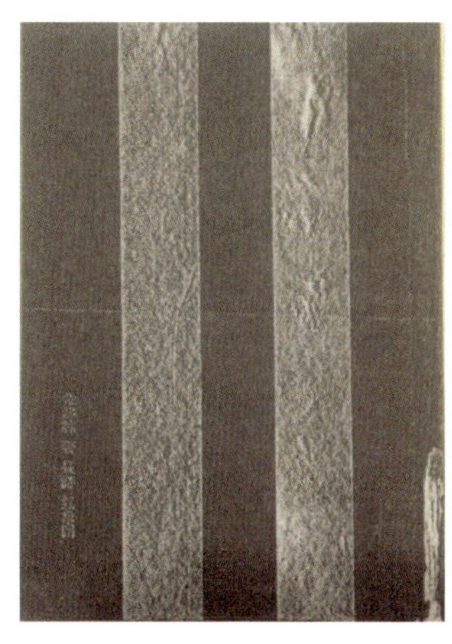

김기림이 일본 유학 중 친구 이상李箱이 꾸며 준 시집 『기상도』(창문사, 1936.)

그만큼 김기림은 세계 흐름을 잘 알고 있었어요. 일본이 패망할 것도 직감하고 절대 친일하지 않았죠. 그의 시가 세계성을 띤 점이기도 해요. 그는 우리 민족의 문제를 세계사적 문제로 다루었어요. 우리에게 닥친 고통이 결코 우리만이 겪는 것은 아니라는 사실이죠. 일본 눈치 보는 데서 벗어났다는 점이 놀랍죠. 현실 부조리와 전통적 인습에 반대하는 측면에서 일본 따위는 큰 관심거리가 아니었으니까요. 당시 세계사적 흐름에 합류한 것이니까요. 적어도 김기림은 엘리엇T. S. Eliot(1888~1965)의 『황무지』는 물론, 보들레르의 『악의 꽃』도 자기 시에서 구현해 냈으니 말에요. 장시집 『태양의 풍속』(학예사, 1939), 『기상도』(창문사, 1936/ 산호장, 1948 재판) 가 그래요.

우리 현대시는 영광만이 아로새겨지지 않았지요. 한편으로 변절의 역사이기도 해요. 많은 시인들이 일제와 독재 편에 섰지요. 제대로 근대인이 되지 못한 것이죠. 근대인은 개인주의적·합리적·과학적인 면모를 갖춘 사람을 말해요. 그러니 과거 인습과 폐해에 얽매여 공정하지 못하고 정의롭지 못하다면 오늘을 사는 근대인이 아니죠. 한 사람 한 사람 거명할 때마다 오늘을 사는 우리들에게 부끄러움이 아닐 수 없어요. 그럴 수밖에 없었다는 이유로 면죄부를 주고받았으니 이육사가 말한 백마 타고 올 초인을 어떻게 얼굴 들고 맞을 수 있을까요. 그 와중에 김기림이 있습니다. 그는 영국 태생 미국 시인 오든^{W. H. Auden}(1907~1973)의 시 「스페인 1937」 한 구절을 가슴에 품은 시인이에요. 이 시는 스페인 내전을 그린 작품으로 피카소의 그림 「게르니카」를 떠올리게 해요. 그 시에서 김기림은 "내일은 젊은이들을 위해 시인들은 폭탄처럼 터질 것"이라는 예언을 믿었습니다. 다른 시인들이 문학의 지성과 윤리를 저버리고 친일로 돌아설 때 그는 꿈쩍하지 않았어요. 그가 지금도 살아 있다면 그는 분명 여러분의 친구였을 거예요. 여러분의 마음을 헤아리니까요.

생활 속 비평가가 되자

파랑 날개를 팔락이는 어린 비행기飛行機는

일요일日曜日 날 아침의 유쾌한 악사樂士올시다.

새벽이 새여간 뒤의 아침 하늘은「플라티나」의 줄을 느린「하—프」

그 줄을 따리면서 훌륭한 음악音樂을 타는「푸로펠라」는「싸포—」의 손보다도

더 이쁜

오월五月의 바람보다도 더 가벼운

새벽 하눌을 수놓는 눈송이보다도 더 힌 손의 임자.

나의 가슴의 둔鈍한 성벽城壁에 물결처넘치는 음악音樂의 호수湖水.

구름밖으로 나를 싣고가는 힌 날개를 가진 너의 음악音樂이
여.

— 「아츰비행기」(『조선문학』 11월, 1933.)

김기림은 시집 네 권을 펴내요. 『기상도』(창문사,1936.), 『태양의
풍속』(학예사, 1939.), 『바다와 나비』(신문화연구소, 1946.), 『새노래』(아
문각, 1948.)인데 이 시집들을 뚫는 공통점이 있다면 바로 '생활'이
에요. 혹은 일상의 흔적이라 할까요. '일상日常'이란 말에 대해 생각
해 본 적 있나요. 뜻풀이하면 '날마다 반복되는 생활'이지요. 특별한
시간이 아니라 별 관심을 두지 않긴 하지요. 그런데 이런 거 알아
요. 인간이 일상이란 시간을 갖게 된 것이 그리 오래되지 않았다는
것 말이에요. 산업 혁명 이전에는 없던 시간입니다. 18세기 후반부
터 약 100년 동안 유럽에서 일어난 생산 기술과 그에 따른 사회 조
직의 큰 변화로 시간이 남게 되었지요. 어려운 말로 '잉여 시간'이라
해요. 생산하지 않는 시간이란 뜻이죠. 쓸모 없다 생각하니 일상은
이제 중요하지 않게 되었어요. 옛날에는 나날이 다 나름대로 의미
가 있었는데 말에요.

그냥 지나쳐 버리는 하루를 김기림은 골똘히 지켜보고 있었지

일본 동북대학 김기림 시비. 시 「바다와 나비」가 새겨 있다.

요. 1920년대 우리 시인들은 현실을 벗어나 '초현실'로 넘어가고자 했어요. 그래서 데카당스décadence라는 경향을 보입니다. 프랑스말인데 '퇴폐주의'라 부릅니다. 우리보다 앞서 19세기에 프랑스와 영국에서 유행했지요. 감수성이 남달랐지요. 마음의 병이 들었다고 했지요. 지나치게 아름다움을 지향하기도 하고, 전통을 부정하며 사회적 윤리 도덕에 신경 쓰지 않았으니까요. 보들레르, 베를렌Paul-Marie Verlaine(1844~1896), 랭보 등이 대표적이지요. 이유는 있어요. 중세를 거치며 인간은 이제 신을 부정하고 의지할 데가 없었으니까요. 그래서 인간 스스로 살아야 하니 전에 없던 모습을 보였으니까요. 우리 시인 중『폐허廢墟』와『백조白潮』동인이 그랬지요.

1930년대에 들어 이렇게만 살 수 없다는 반성이 있었어요. 김기림도 그랬지요. 그가 내세운 것이 '생활'이지요. 그만 하늘에서 땅으로 내려오자는 식이지요. 첫 작품이 「가거라 새로운 생활로」인 것만 봐도 알 수 있어요. 새로운 생활은 '내일'을 꿈꾸고 '새벽'을 기다립니다. 시 「아츰비행기」만 봐도 알 수 있지요. 이 시는 김기림 두 번째 시집 『태양의 풍속』(학예사, 1939.)에 실렸어요. 이 시집은 주로 '태양·아침·새벽'을 노래합니다. 시인은 일요일 아침에 하늘을 나는 비행기를 보았을 겁니다. 밤을 나는 비행기에 비해 어리게 보였나 봅니다. '구름 밖으로 나를 싣고 가는 힌 날개'가 눈에 띕니다. 비행기 프로펠러 소리는 전쟁 공포를 떠올리게 하는데 하루하루 생활하는 사람들 아침 눈에는 음악으로 변주되었네요. 그래서 나를 어둠 속에서 밝은 새날로 이끄네요.

김기림은 시인이면서 비평가입니다. 사물의 옳고 그름, 아름다움과 추함 따위를 분석하여 가치를 조리 있게 이야기하는 것을 '비평'이라 해요. 그래서 시와 비평은 창과 방패와 같은 사이라 여기곤 하지요. 서로 맞서 대립하는 것처럼 보이네요. 보들레르도 시인이면서 동시에 미술평론가였어요. 보이는 대로 시를 쓰기보다 보이지 않는 것도 보려는 비평적 시각을 갖췄기 때문이에요. 그것이 현대적 시 쓰기라 할 수 있죠. 비평하는 태도, 즉 사물을 있는 그대로 받아들이지 않고 내 눈으로 판단하는 자세가 자기 주체적 삶이라는 거지요. 사사건건 따지고 까탈스럽게 굴면 미움받을 것 같아 머뭇댄 적 있지요. 김기림에게 그런 생활은 내 것이 아니었어요. 세상을 새롭게 바라보는 자세가 곧 시의 힘이었어요. 새로운 말을 얻는 방법이기도 했고요. 우리도 내 생활을 가꾸고, 내 꿈을 이루기 위해 주위를 살피는 눈을 가졌으면 합니다. 이곳에서 저곳으로 날아가는 아침 비행기가 됩시다.

세계 시민으로 살아가자

비늘

돋힌

해협海峽은

배암의 잔등

처럼 살아났고

아롱진 아라비아의 의상을 둘른 젊은 산맥들.

바람은 바닷가에 '사라센'의 비단폭幅처럼 미끄러웁고

　오만傲慢한 풍경은 바로 오전 칠시七時의 절정絶頂에 가로누

었다.

헐덕이는 들 우에

늙은 향수香水를 뿌리는

교당敎堂의 녹쓰른 종鍾소리.

송아지들은 들로 돌아가렴으나.

아가씨는 바다에 밀려가는 윤선輪船을 오늘도 바래 보냈다.

국경 가까운 정거장停車場.

차장車掌의 신호信號를 재촉하며

발을 구르는 국제열차.

차창마다

'잘 있거라'를 삼키고 느껴서 우는

마님들의 이즈러진 얼골들.

여객기들은 대륙의 공중에서 티끌처럼 흩어졌다.

본국本國에서 오는 장거리 라디오의 효과를 실험하기 위하야

쥬네브로 여행하는 신사紳士의 가족들.

산판. 갑판. "안녕히 가세요." "다녀오리다."

선부船夫들은 그들의 탄식을 기적汽笛에 맡기고

자리로 돌아간다.

부두에 달려 팔락이는 오색의 테잎
그 여자의 머리의 오색의 리본

전서구傳書鳩들은
선실의 지붕에서
수도首都로 향하여 떠난다.
… 스마트라의 동쪽. … 5킬로의 해상海上 … 일행一行 감기感
氣도 없다.
적도赤道 가까웁다. … 20일 오전 열 시. …

—「세계의 아침」(『중앙』 3권 4호, 1935.)

한강 작가는 어떻게 노벨문학상을 탔을까요. 물론 세계적인 작품을 써서 그랬겠지요. 그런데 그동안은 왜 아무도 상을 못 탔을까요. 아마도 세계 시민의 눈높이에 맞는 작품이 없어 그랬을 거예요. 그럼 세계 시민 자격은 누가 주는 걸까요. 누가 준다기보다 스스로 세계성을 갖추어야 하지 않을까요. 일찍이 독일의 대문호 괴테는

김기림이 쓴 이론서 『문학개론』(신문화연구소, 1946.)

인류가 전쟁을 멈추지 않아 안타까워했습니다. 문학 동네에서라도 싸우지 말자고 제안하지요. 이제 민족 문학은 큰 의미를 잃었고 곧 세계 문학 시대가 오고 있으니 참여하자고요. 민족마다 홀로 국내에서 자기 문학에 만족해서는 안 되며, 문학으로 서로 이야기하고 이해하자, 자기 모습을 다른 민족 속에 반영시켜 자기 모습을 알기도 하고, 다른 민족에게서 자극받자고 했어요.

한강 작가도 세계 문학 일원이 된 것이지요. 이제 우리 문학도 세계 사람들과 서로 이야기하고 소통하며 자극 줄 수 있게 됐네요. 이런 날이 오기까지 아무런 일도 없었을까요. 그렇지 않겠지요. 새벽이 오려면 긴 밤을 지새워야 하니까요. 한강 작가에 앞서 우리에게 세계 시민 김기림이 있었어요. 김기림이 살았던 시대는 일제 치하였지요. 어두웠지만 김기림은 남의 나라 노예로 살기를 거부했어요. 무엇보다도 우리 사정을 두고 내 탓만 하지 않고 세계 역사 흐름 속에서 이해했습니다. 일본 눈치 보는 데서 벗어나 세계 일원

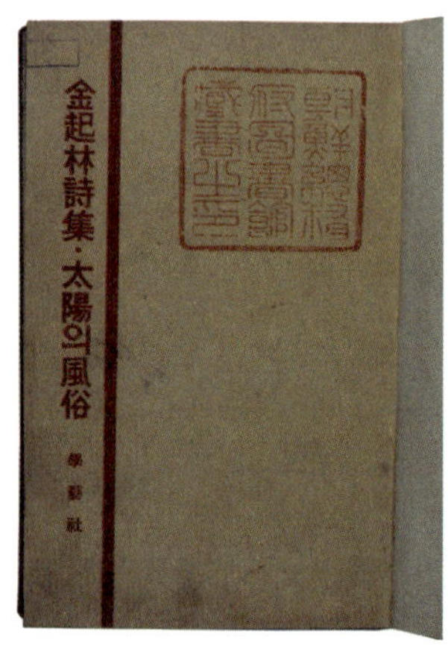

시집 『태양의 풍속』(학예사, 1939.)
(사진 『한국민족문화대백과사전』)

으로 당당히 살고자 했지요.

시 「세계의 아침」은 제목 그대로 세계 시민이 맞이하는 아침 풍경을 그리고 있네요. 특히 새로운 세계를 향해 떠나는 부두와 공항과 철도역에서 사람들이 북적이는 모습이 눈에 띄어요. 시간은 언제인가요. 오전이에요. 7시이거나 10시네요. 그만큼 출발하는 느낌이지요. 어떤 공간을 담았나요. 아라비아반도, 인도네시아 섬들이네요. 모두 서구 열강의 식민지입니다. 당시 우리나라와 처지가 비슷한 곳이지요. 어둡고 생기 없는 곳이라 생각했을 텐데 김기림은 그렇게 보지 않았어요. 그럴수록 더 당당해져야 하기라도 하는 듯.

김기림은 시에서 젊은이들 생기를 담았어요. 산맥도 젊었으며, 오래된 풍경들은 물러가고 송아지와 아가씨들처럼 새로운 기운으로 가득하네요. 여러분도 얼굴 찌푸리지 말고 고개 들고 세계와 어깨를 나란히 했으면 합니다. 세계 시민은 차별 없이 자유로워야 하지 않을까요. 이 시는 엘리엇의 『황무지』에서 영향을 받았어요. '4

월은 잔인한 달' 이렇게 시작하는 시말에요. 꽃피는 4월을 왜 잔인하다 했을까요. 서양 문명은 전쟁 때문에 무너지고 있었어요. 곧 죽을 운명에 처한 생명에 대해 안타까워합니다. 그런데도 때가 되면 꽃은 피니 역설적으로 잔인하다고 한 것이지요. 절망 속에서도 희망을 잃지 말자는 뜻이지요. 우리가 희망을 놓지 않는다면 그 자세가 곧 세계적이지 아닐까요.

남에게 나를 맡기지 말자

아무도 그에게 수심水深을 일러준 일이 없기에

흰나비는 도무지 바다가 무섭지 않다.

청靑무우 밭인가 해서 내려갔다가는

어린 날개가 물결에 절어서

공주公主처럼 지쳐서 돌아온다.

삼월三月달 바다가 꽃이 피지 않아서 서글픈

나비 허리에 새파란 초생달이 시리다

— 「바다와 나비」(『여성』 4월, 1938.)

　　김기림은 일제 식민주의 시대를 견뎌 낸 시인입니다. 여러분은 '식민植民'이란 말을 아나요. 16세기부터 유럽 여러 나라들이 아프리카, 동남아시아, 아메리카 대륙을 침략하여 지배했던 일을 말하지요. 유럽이 더 잘 살려는 욕심 때문이었지요. 이러는 과정에서 지배자와 지배당하는 자 사이에 폭력과 차별이 생겼지요. 그래서 식민지 사람들은 주눅이 들어 제대로 기를 펴지 못했어요. 원래는 그렇지 않았는데 제대로 자기 삶을 살지 못할 정도가 되었지요. 이러한 상황이 계속되다 보니 아예 스스로 살아갈 의지를 잃고 오래도록 남의 나라 지배를 받았지요.

　　우리나라도 일본에게 그러한 수모를 당했어요. 일본은 우리나라 사람들을 어떻게 대했나요. 게으르고 불결하며 질서를 지키지 않는다고 타박했지요. 이런 얘기를 자꾸 들으면 어떻게 될까요. 정말 내가 그런가 하고 생각이 들기도 하지요. 이를 '식민성植民性'이라 해요. 어렵지요. 자기 스스로 살지 못하고 남에게 의지한다거나 자기를 못났다고 여기는 태도라 할 수 있어요. 우리나라가 일본에게서 독립한 지도 팔십 년이 다 돼 가는데 아직도 이렇게 생각하는 사람들이 있어요. 일본은 대단하고 선진국이고 우리는 그만 못한다는 식으로 말에요. 참 안타까운 일이죠. 왜 그럴까요. 오래도록 자기를 잃어버렸기 때문이에요.

시 「바다와 나비」는 김기림의 대표작으로 알려져 교과서에 실렸지요. 다른 시는 김기림이 마음먹고 계획하고 써 쉽게 이해할 수 없는데 이 시는 왠지 쉽게 다가오네요. 그림 그리듯 시를 써서 그래요. 바다에 내려앉는 흰나비의 모습이 눈에 선 하네요. 무밭인 줄 알고 내려섰는데 바닷물이었으니 나비는 얼마나 놀랐을까요. 나비를 세상 물정 모르는 공주님으로 비유했네요. 그런데 왜 '서글펐'을까요. 정말 꽃피지 않아서 그랬을까요. 새파랗게 질린 초생달이 불쌍해 보이네요.

이 시는 김기림이 일본 유학 경험 속에서 태어났어요. 식민지 시대에 우리나라 젊은이들이 모두 바다, 즉 현해탄을 건너 일본으로 갔지요. 문제는 그렇게 유학을 다녀오면 대부분이 일본 사람처럼 되었어요. 그처럼 우리를 속이고 우리를 지배하려는 일본의 속마음을 알지 못했어요. 겉으로 드러난 화려함에 자기를 내맡겼으니까요. 지금도 우리는 일본을 잘 모르는 것 같아요. 무조건 달려들었다가 낭패를 보는 경우가 많으니까요. 나라는 다시 찾았지만 정작 우리 자신을 찾지는 못한 꼴이네요. 이를 두고 내 안의 식민성에서 벗어나지 못했다고 말합니다. 여러분은 어떤가요. 만약 우리가 남에게 의지해 스스로 살지 못한다면 일제 강점기 사람들과 다를 바 없을 거예요. 그러니 꼼꼼히 알아야겠어요.

내 삶의 수레바퀴를 굴리자

무너지는 꽃이파리처럼

휘날려 발 아래 깔리는

서른 나문 해야

구름같이 피려던 뜻은 날로 굳어

한 금 두 금 곱다랗게 감기는 연륜年輪

갈매기처럼 꼬리 덜며

산호珊瑚 핀 바다 바다에 나려앉은 섬으로 가자

비취빛 하늘 아래 피는 꽃은 맑기도 하리라

무너질 적에는 눈빛 파도에 적시우리

초라한 경력을 육지에 막은 다음

주름 잡히는 연륜年輪마저 끊어버리고

나도 또한 불꽃처럼 열렬히 살리라

— 「연륜年輪」(『문장』, 1947.)

헤르만 헤세Hermann Hesse(1877~1962)의 소설『수레바퀴 밑에서』을 알지요. 우리들 필독서지요. 학교라는 수레바퀴 밑에서 억눌린 청소년들을 향해 무언가 소리치는 작품이지요. 주위 사람들 눈치 보며 자기를 괴롭히면 수레바퀴에 치이게 될 것이니 나아갈 방향을 새롭게 해 벗어나자는 뜻이 담겼어요. 김기림도 역사라는 수레바퀴와 맞부딪혔는데 어떤 역사였을까요. 나라를 잃어 자기 뜻을 펼칠 수 없는 현실 때문에 힘들었어요. 그럴 때 대부분 친일하고 말지요. 수레바퀴 밑으로 자신을 밀어 넣은 격이지요. 김기림은 현명하게도 부당한 역사의 수레바퀴를 피해 자기 세계를 만들려 했어요.

시 「연륜」에도 수레바퀴가 있네요. '연륜年輪'의 말뜻을 보면 '1년마다 생기는 나이테'를 말해요. 한 살 한 살 먹는 나이 같네요. '륜輪'

이 '수레'이니 우리 나이는 한 해 한 해 굴리는 수레바퀴 자국은 아닌지요. 김기림이 해방을 맞을 때 나이는 '서른 나문', 즉 '서른 남짓', 서른일곱입니다. 돌이켜보니 그의 지난날은 '무너지는 꽃이파리'였다고 하네요. 그가 굴린 수레가 휘청거리는 듯하네요. 뭉게뭉게 일어나던 뜻은 더 이상 피어나지 못했네요. 여러분도 벽에 부딪히듯 막막할 때가 있지 않나요. 아마 그랬나 봅니다.

김기림은 한국전쟁이 일어나던 해 사라집니다. 누군가 끌고 갔다고 하는데 지금까지 어디로 갔는지 아무도 모른답니다. 「어린 왕자」를 쓴 생텍쥐페리Saint-Exupéry(1900~1944)가 비행기를 타고 나가 돌아오지 않았던 것처럼 그도 돌아오지 않았지요. 시에 나오듯 아마 파도치는 섬으로 갔는지 모릅니다. 그 섬은 어딜까요. 거기에는 '연륜', 즉 나이테처럼 찍힌 수레바퀴 흔적이 없는 곳은 아닐까요. 김기림은 해방을 맞아 젊은 시인들과 우리 문학을 다시 세우기 위해 애썼습니다. 자신이 쌓은 업적이나 성과들에 얽매이지 않고 과감히 자신이 걸어온 길과 다른 길을 갑니다.

'불꽃처럼 열렬히 살'겠다는 목소리가 더 크게 울려 퍼지네요. 이제 이 땅에서 기다리고만 있을 수 없다는 결심을 했나 봅니다. 아마 다시 '불꽃처럼' 타오르기 위해 떠났을까요. 우리도 김기림만큼만 현명했으면 좋겠습니다. 그의 연륜, 흔적은 우리 시에 깊이 박혀 있어요. 모더니즘이라는 허위에 가려 변죽만 울리는 소리는 공허하지요. 역사의 수레바퀴가 쓸고 갈 때마다 그는 고향 성진으로 향해요. 그의 시는 늘 고향에 머리 두고 있었으니까요. 고향에 다녀올 때마다 그는 더욱 굳셌어요. 그리고 다시 새로운 시대, 시민들의 합창을 꿈꾸었는데 그곳이 그의 시적 고향이고 섬이 아니었을까요. 우리도 내 삶의 수레바퀴를 굴렸으면 해요.

불타다가 꺼지고 만 한 줄기 뾰족한

이상

우리 시인 중에 정말 이상한 사람이 있습니다. 누굴까요. 시에 조금만 관심 있으면 금방 '이상李箱'을 떠올리죠. 이상한 정도가 상상 이상이라 할까요. 이렇게 보니 저도 그를 이야기할 때마다 '이상'이란 말을 너무 많이 쓰네요. 그만큼 특별합니다. 평소 누군가에게 이상하다는 느낌을 받는다면 무슨 뜻일까요. 그 사람이 평범하지 않아 천재일까 놀랍다는 반응일 수 있지요. 다른 한편으로는 사람들과 어울릴 수 없을 정도로 자기 안에 갇혀 있을 때 그렇게 말하곤 하지요. '이상李箱'은 둘 다 맞아요. 그만큼 추앙과 비난을 모두 받았으니까요.

이렇게 여러분에게 '이상李箱'에게서 무엇을 배워보자 하는 저도 쉽진 않네요. 사실 그의 시를 이해하는 것도 만만치 않으니까요. 그

이상(1910~1937)

것을 다시 여러분에게 잘 전달하려 하니 힘들어요. 우선 그를 두고 모두 인정하는 표현이 있어요. '박제된 천재'입니다. 천재적이지만 죽은 것과 다를 바 없다는 뜻이죠. '박제'란 말은 '동물의 가죽을 곱게 벗겨 썩지 않도록 한 뒤 솜이나 대팻밥 따위를 넣어 살아 있을 때와 같은 모양으로 만드는 것'을 말해요. 여러분도 동물원 가서 보았을 거예요. 예를 들어 호랑이는 우리나라에서 멸종돼 이젠 더 이상 볼 수 없잖아요. 그래서 박제를 전시하고 있는 거지요. 그만큼 그를 대하는 사람들의 마음은 두 가지였어요. 긍정하면서도 부정하는 사람.

그의 분신인 작품도 분명 우리말인데 알아들을 수 없으니 답답할 노릇입니다. 어쩌면 그는 외계인일지도 몰라요. 아예 그렇게 말하는 것이 편할 것 같기도 해요. 그러면 분명 평범한 사람과는 달라 어쩔 수 없이 받아들이지 않을까요. 그의 본명은 김해경인데 공사장에서 건축 기사로 일할 때 일본 사람이 "이 상!"이라 부른 데서 비롯되었답니다. "이 선생", 이렇게 부른 것이지요. 김 씨인데 왜 이 씨

이상이 두 살부터 스무 살까지 살았던 집(현재 종로구 통인동)

라 했는지 알 수 없습니다. 일본 사람이 제 맘대로 한 것 같아요. 식민지 조선인이니 아무렴 어때 하는 식이지요. 이것을 필명으로 했다고 하니 장난스럽기도 하고 집안이나 출신 같은 건 중요하게 여기지 않았나 봐요. 작품에도 그런 태도가 드러나니까요.

이 글에서 앞서 말한 김기림이 친구예요. 둘은 아주 친했다고 해요. 소위 모더니스트로 같은 길을 갔으니까요. '이상李箱'은 가난과 병에 시달리며 스물일곱 살에 일찍 세상을 떠납니다. 모두들 안타까워 했지요. 친구 김기림은 그를 '세기의 암야 속에서 불타다가 꺼지고 만 한줄기 첨예한 양심'으로, '현대라는 커다란 모함에 빠져서 십자가를 걸머지고 간 골고다의 시인'으로 추억합니다. 비록 활

1935년 화가 구본웅이 그린 이상, 「친구의 초상」(캔버스에 유채, 62x50㎝, 국립현대미술관 소장)

활 타올라 맘껏 자기를 드러내지는 못했지만 사람이 지녀야 할 양심을 저버린 사람이 아니었어요. 세상과 첨예했다고 하니 말입니다. 한마디로 까탈스러워 '뾰쪽'했으니까요. 다른 한편으로 현대 부조리의 희생자였다고 보았네요. 그만큼 현실에 짓눌려 사는 사람들이 곧 자기라 알아챈 시인입니다.

부조리한 인간 조건을 알아채자

벌판한복판에 꽃나무하나가있소. 근처近處에는 꽃나무가
하나도없소 꽃나무는 제가생각하는 꽃나무를 열심熱心으로
생각하는 것처럼 열심熱心으로 꽃을 피워가지고 섰소 꽃나무
는 제가생각하는 꽃나무에게갈수없소 나는 막달아났소 한
꽃나무를위爲하여 그러는것처럼 나는참그런이상스러운흉내
를 내었소.

— 「꽃나무」(『가톨릭 청년』 7월호, 1933.)

'이상李箱' 시 중에서 그래도 좀 쉽지 않을까 해서 가져왔어요. 그
렇다고 완전히 이해할 수 있는 것은 아니지요. 시인은 자기를 어디

1933년 천주교 서울교구에서 선교를 위해 창간한 천주교 월간 잡지 『가톨릭청년』. 7월호에 이상의 시 「꽃나무」가 실림.
(사진 『한국민족문화대사전』)

에 가져다 놓았나요. '꽃나무'예요. 꽃나무가 두 개네요. 하나는 '벌판 한복판'에 있고, 다른 하나는 '생각 속'에 있네요. 벌판에 서 있는 나무야 그림이 잘 그려지는데 생각 속 나무는 흐릿해요. 아마도 앞에는 자기 자신이고 뒤에는 되고자 하는 모습이라 생각해요. 여러분도 그렇지 않나요. 지금 나와 앞으로 되려는 나를 동시에 갖고 있지 않나요. 이를 두고 현실 속 나와 이상 속 나라 말합니다.

원래 인간은 현실과 이상이 크게 다르지 않아요. 만약 둘이 크게 차이 나면 힘들어지지요. 이상이 너무 화려하면 현실이 받쳐주지 못하니까요. 시인도 지금 그런 상태네요. "제가 생각하는 꽃나무에게 갈 수 없소.”라고 속이 상했네요. 자기가 되고 싶은 수준에 가 닿지 못하니 실망이 크지요. 그래서 시인은 현실이 싫어 달아나고 말았어요. 그리고 한참 지나 생각하니 그동안 되고자 했던 꽃나무도 자기는 아니었구나 깨닫네요. 겨우 ‘흉내’를 낸 것에 불과하다고 고개를 갸우뚱거리네요.

이처럼 현실과 이상이 맞지 않을 때를 ‘부조리’하다고 해요. 어렵지요. 분명 나는 열심히 살고 있고 더 나은 모습을 향해 최선을 다하고 있는데 지금 나는 누굴까 불안해지네요. 이러한 마음이 들 때면 무엇도 제대로 설명할 수 없고 어긋나기만 하니 정신을 차릴 수 없네요. 여러분도 그런 경험이 있지 않나요. 지금 내가 잘하고 있는 거야? 이렇게 생활하는 내가 정말 나야? 의심하게 되지요. 철학적으로 이러한 불일치, 불합리, 모순에 사람들은 절망하게 된다고 합니다. 무엇 때문일까요? 제목으로 달았듯이 ‘인간조건’ 때문에 그래요. 특별히 이에 대해 철학자 한나 아렌트Hannah Arendt(1906~1975)의 말을 빌리면 인간은 무의미하게 반복되는 삶보다는 자발적으로 삶의 가치를 찾으려 노력하는 것이 조건이라는 겁니다. 그런데 현실은 그렇지 않으니 부조리한 것이지요.

‘이상李箱’은 경성고등공업학교 졸업앨범에 “보고도모르는것을 폭로曝勞시켜라!/그것은발명보다는발견!거기에도노력은필요하다

이상李箱"이라고 좌우명을 씁니다. 그의 시는 이 좌우명에서 비롯합니다. 세상은 보이는 것만 보려 하고 보여도 보이지 않는 것으로 여기지요. 시「꽃나무」는 보이지 않는 것을 보려 했던 그를 만날 수 있습니다. 우리도 그를 따라 나와 맞지 않는 조건은 없는지 따져봅시다. 그 조건이 나와 어울리지 않는다면 우리는 얼마나 불행할까요. 그것도 모르고 흉내 내기하듯 살아서는 안 된다고 '이상李箱'은 말하네요.

패배하지 않는 인간이 되자

십삼인十三人의아해兒孩가도로道路로질주疾走하오.

(길은막달은골목이적당適當하오.)

제일第一의아해兒孩가무섭다고그리오.

제이第二의아해兒孩도무섭다고그리오.

제삼第三의아해兒孩도무섭다고그리오.

제사第四의아해兒孩도무섭다고그리오.

제오第五의아해兒孩도무섭다고그리오.

제육第六의아해兒孩도무섭다고그리오.

제칠第七의아해兒孩도무섭다고그리오.

제팔第八의아해兒孩도무섭다고그리오.

제구第九의아해兒孩도무섭다고그리오.

제십第十의아해兒孩도무섭다고그리오.

제십일第十一의아해兒孩가무섭다고그리오.

제십이第十二의아해兒孩도무섭다고그리오.

제십삼第十三의아해兒孩도무섭다고그리오.

십삼인十三人의아해兒孩는무서운아해兒孩와무서워하는 아해

兒孩와그러케뿐이모였소.

(다른사정事情은업는것이차라리나앗소)

그중中의일인一人의아해兒孩가무서운아해兒孩라도좃소.

그중中의이인二人의아해兒孩가무서운아해兒孩라도좃소.

그중中의이인二人의아해兒孩가무서워하는아해兒孩라도좃소.

그중中의일인一人의아해兒孩가무서워하는아해兒孩라도좃소.

(길은뚤닌골목이라도적당適當하오.)

십삼인十三人의아해兒孩가도로道路로질주疾走하지아니하야도

좃소.

— 「오감도烏瞰圖-시詩 제1호」(『조선중앙일보』, 1934. 7. 24.)

‘이상李箱’하면 바로 이 시「오감도烏瞰圖」죠. 많은 사람들이 이 시를 풀이하려 했지만 다 거기서 거기네요. 풀이가 그럴 듯하기도 하고 좀체 알아듣지 못하기도 합니다. 그만큼 누가 어떻게 읽든 열려 있어요. 그런 측면에서는 좋은 시이기도 하지만 우리가 알고 있는 시와는 전혀 딴판이라 딱히 좋은 시라 하기에도 적당하지 않아 보여요. 이 시가 발표될 때도 말이 많았지요. 처음에는 30편 신문 연재를 꾀했는데 15편밖에 싣지 못했데요. 독자들의 항의가 빗발쳤으니까요. 이게 무슨 시냐부터 “미친놈 잠꼬대”, “불살라야 한다”, “작자를 죽여야 한다”, “개수작” 등 요즘처럼 악플이 대단했죠.

우선 이 시에서 어떤 느낌을 받나요. 주문처럼 반복되는 말은 랩처럼 음악적이기도 합니다. 무언가 절정을 향해 달려가는 래퍼의 숨소리가 거칠게 들리는 듯하기도 해요. 앞서 시「꽃나무」에서 시인은 인간 조건의 부조리를 깨닫게 되었다고 했지요. 알아챈 내용이 이 시에 담긴 것은 아닐까요. 시인은 달아나고 말았잖아요. 왜 그랬는지 알 수 없었는데 이 시를 보니 ‘무서움’ 때문인 것 같네요. 다른 말로 하면 ‘불안과 공포’예요. 왜 불안에 떠는지 확연히 알 수 없지만 달아나기를 멈추지 않아요. 그것을 ‘질주’라 표현했네요. 조금 어려운 말로 하면 ‘탈주脫走’라 해요. 철학자 들뢰즈Gilles Deleuze(1925~1995)가 말한 것이에요. ‘규정된 틀에서 벗어나 새로운

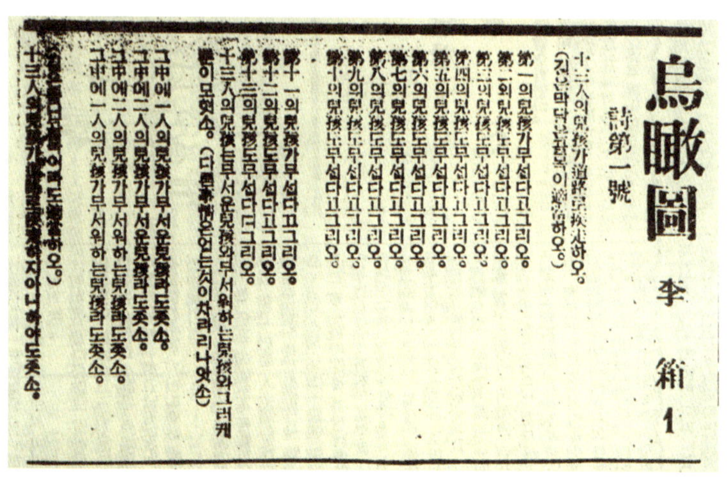

1934년 발표한 시 「오감도」 15편의 연작시 중 1호(사진 『한국민족문화대백과사전』)

것을 창조하고 변화를 추구하는 힘'이죠. 불안을 뚫고 나가려는 우리 마음속 욕망 같은 건가 봐요.

　이 시의 불안한 상황은 '이상李箱'이 당시 감당해야만 했던 현실이기도 해요. 그의 삶은 실패의 연속이었으니까요. 거기다 아무도 그를 제대로 이해하지 못했고 가난은 더욱 그를 힘들게 했으며 폐결핵이라는 무서운 병에 시달렸어요. 13인의 아이들은 어쩌면 그의 분신, 즉 아바타일지도 몰라요. 근대 산업 혁명이 이후 인간이 겪는 병이기도 하지요. 분열된 자아 말입니다. '이상李箱'의 시 「거울」은 그러한 모양을 잘 보여 주지요. 거울 속에 비친 나와 거울 밖 나는 같

114

으면서도 역전돼 있는 어지러운 상태죠. 다면 거울에 비친 그의 모습이 오감도에 여러 모습으로 등장하는 거지요. 꼭 13인이 아니어도 좋지요. 그냥 그렇게 쪼개져 있는 상태가 그의 모습이라는 거죠.

인간 세상을 내려다보는 신의 눈으로 볼 때 인간들은 13인의 아이들처럼 무서움에 떨고 있는 것 같습니다. 막다른 골목에 몰리다 달아나려 애쓰는 모습이 가엾네요. 그처럼 '이상李箱'은 겉으로 드러난 인간만이 아니라 내면에 자리하고 있는 인간 본래 모습을 보여주고 있네요. 철학자 사르트르Jean-Paul Sartre(1905~1980)는 실패할 것을 알면서도 또 시작하는 것이 인간이라고 말하죠. 카뮈Albert Camus(1913~1860)는 『시지프의 신화』에서 산꼭대기까지 반복해 바위를 굴려 올리는 인간 운명에 대해 말합니다. 시지프는 그리스 신화에 나오는 코린토스의 왕입니다. 신들의 노여움을 사 바위를 산꼭대기로 밀어 올리는 벌을 받습니다. 그런데 산꼭대기에 이르면 바위는 아래로 굴러떨어집니다. 그러면 다시 바위를 밀어 올려야 합니다. 아무리 힘들어도 끊임없이 반복해야 합니다. 이 천형 같은 벌은 결코 패배하지 않는 인간의 특성을 역설적으로 보여 주지요. 신에게 실패란 없으니까요. 그래서 신에 대한 인간 반항이라 하지요. 그처럼 '이상李箱'은 불안과 공포에서 달아나기를 멈추지 않습니다. 이 달아남, 질주는 실패합니다. 끊임없이 산 정상까지 바위를 굴려 올려야 했던 시지프처럼 다시 불안과 공포에 싸이게 됩니다. 하지만 시지프가 그랬듯 이상도 또 벗어나기를 멈추지 않으려 합니다. 실패를 두려워하지 않는 반항아, 곧 인간이기 때문입니다. 여러분도 실패를 두려워 말고 우리가 패배를 모르는 인간임을 알아챘으면 합니다.

내 마음이 아프다 고백하자

내키는커서다리는길고왼다리아프고안해키는작아서다리
는짧고바른다리가아프니내바른다리와안해왼다리와성한다
리끼리한사람처럼걸어가면아아이부부夫婦는부축할수없는절
름발이가되어버린다무사無事한세상世上이병원病院이고꼭치료
治療를기다리는무병無病이끝끝내있다.

—「지비紙碑」(『조선중앙일보』, 1935. 9. 15.)

시 제목을 「지비紙碑」라 지은 데 풀이가 분분합니다. 비석은 보
통 돌로 만든 것으로 '석비石碑'라 부르지요. 무언가 오래 기념하려는
데 쓸모가 있지요. 지비紙碑, 즉 종이에 쓴 비석이니 돌에 새긴 것을

장난스레 바꾸려 했다고 볼 수 있지요. 이상李箱의 개성적 시 쓰기를 보면 유언을 적은 글이라 하기도 하지요. 그중 종이 비석의 변화 가능성에 관심을 둔 풀이가 눈에 띕니다. 돌에 글을 새기면 고정돼 오래가지만 종이에 쓰면 쉽게 없애거나 다시 쓸 수 있으니까요. 앞서 본 시 「꽃나무」에서 이상李箱은 현실과 이상이 불일치한 인간 조건을 부조리로 받아들였다 했지요. 그래서 인간은 한결같지 않다는 생각에 이르지요. 영원할 수 없는 현대인의 처지에 종이 비석이 어울리네요.

이 시에서 '부부夫婦는 부축할 수 없는 절름발이가 되어 버린다'는 표현이 궁금합니다. 먼저 '나는 왼다리가 아프고', '아내는 오른다리가 아파'요. 이유는 키가 크고 작기 때문이에요. 그래서 둘은 한 몸으로 서로 의지해야 합니다. 운동회 '이인삼각二人三脚' 경기 알지요. "두 사람이 나란히 서서 서로 맞닿은 쪽의 발목을 묶어 세 발처럼 하여 함께 뛰는 경기"말예요. 시인은 인간 조건이 부조리해도 이렇게 또한 사는 모습도 인간답다 여기고 있네요. 다만 '부축할 수 없는 절름발이'라는 사실은 어쩔 수 없다고 '아아' 한숨짓고 있네요. 세상은 무사無事, 즉 아무 일도 없는 것 같지만 병원 같지 않느냐 말합니다.

윤동주도 그렇게 말했지요. 세상은 온통 환자투성이라고. 그래서 우리가 알고 있는 시집『하늘과 바람과 별과 시』는 원래『병원』 이라 이름 붙이려 했다지요. 앓는 사람들에게 도움이 될 수 있을지 모른다고 했어요. 시「병원」에서 세상은 청년들이 겪는 병을 제대 로 진단하지 않는다고 안타까워해요. 이상李箱도 "꼭치료治療를기다 리는무병無病이끝끝내있다."고 말하네요. 그의 간절함은 '꼭', '끝끝 내'에 다 담겼네요. 우리는 '병없는 병'을 앓고 있는 것은 아닌지요. 겉으로 없는 듯하니 아프다고 말해야 해요.

이 시에서 새겨야 할 것은 '꼭 치료를 기다리는 무병'입니다. 아 이러니죠. 병이 없는데 치료해야 한다는 말을 어떻게 받아들여야 할까요. 겉으로는 아무 일도 없는 것 같지만 마음은 병들어 있다는 얘기 같습니다. 돌비석에 새길만큼 자랑스럽지는 않지만 종이 비 석에라도 새기자고 말합니다. 여러분도 아픈데 겉으로 괜찮은 듯 멋진 척하지 않는지요. 13인의 아이처럼 막다른 골목에서 질주하 여 끊임없이 달려 나갔으면 해요. 둘러보아요. 모든 사람이 아무 일 없는 듯 살고 있는 듯 보이지만 실제 그렇지는 않아요. 말하지 않을 뿐이죠. 나 아프다고 얘기해야 해요. 그래야 서로 부축해 절룩거리 며 걸어가지요.

보이지 않는 곳에 눈길을 주자

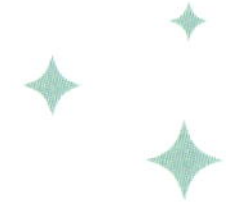

꽃이보이지않는다. 꽃이향香기롭다. 향기香氣가만개滿開한다. 나는거기묘혈墓穴을판다. 묘혈墓穴도보이지않는다. 보이지않는묘혈墓穴속에나는들어앉는다. 나는눕는다. 또꽃이향香기롭다. 꽃은보이지않는다. 향기香氣가만개滿開한다. 나는잊어버리고재再차거기묘혈墓穴을판다. 묘혈墓穴은보이지않는다. 보이지않는묘혈墓穴로나는꽃을깜빡잊어버리고들어간다. 나는정말눕는다. 아아. 꽃이또향香기롭다. 보이지도않는꽃이—보이지도않는꽃이.

—「절벽」(『조선일보』, 1936. 10.)

1934년 8월 1일부터 9월 19일까지 『조선중앙일보』에 연재했던 박태원 소설 『소설가 구보 씨의 일일』에 이상이 그린 삽화

앞서 김기림이 이상李箱을 '현대라는 커다란 모함에 빠져서 십자가를 걸머지고 간 골고다의 시인'이라 했다 했지요. '골고다에서 십자가에 못 박힌 예수'의 이미지를 그에게 가져다 놓았네요. 유대인들이 예수가 구원자인지 알아보지 못했던 것처럼 당시 사람들이 그의 시를 몰라 주었다는 한탄이죠. 이 시는 제목으로 그의 처지를 말해 주네요. 지금 시인은 절벽 앞에 서 있어요. 막다른 골목이에요. '골고다'는 '해골이 있는 곳'이란 뜻이래요. 이 시에서는 '묘혈墓穴'이라 했네요. 시체가 놓이는 무덤, 구덩이에요. 온통 죽음 장소네요.

구덩이를 파 스스로 거기 눕는 행위는 어떻게 받아들일 수 있을까요. 다시 윤동주가 생각나요. 시 「또 다른 고향」에서 "고향에 돌아온 날 밤에/내 백골이 따라와 한방에 누웠다."고 말하지요. 주검과 누운 것 같아 오싹하네요. 그런데 연이어 "어둔 방은 우주로 통하고/하늘에선가 소리처럼 바람이 불어온다."고 말하니, 새로운 체험을 한 것이 분명해요. 아무래도 백골은 또 다른 자아 같아요. 고향에 돌아오기까지 윤동주는 너무 지쳤으니까요. 이렇게 눕는 행위를 자기와 화해라고 지난 책(『시인의 얼굴』)에서 읽었지요. 죽음과 만난 것이 아니라 또 다른 우주로 삶이 이어지는 환상적인 순간이니까요.

그처럼 이상李箱이 묘혈墓穴을 파고 눕는 일이 죽음을 향한 것은 아닐 것 같아요. 무언가 새로운 실마리는 아닐까요. 꽃은 보이지 않지만 향기는 가득해요. 아마도 시인은 보이지 않는 무언가를 발견하지 않았을까요. 거기에 구덩이를 파고 누움으로써 죽음을 꾸며 보여 주려는 것일지도 몰라요. 그래요. 가짜로 죽음 체험을 하고 다시 사는 것이지요. 왜냐하면 묘혈은 보이지 않고 기억도 없다고 했으니까요. 윤동주가 그랬던 것처럼 그도 우주를 보았을까요. 시인은 그것을 '보이지 않는 꽃'이라 말한 것은 아닐까요.

절벽 앞에 선 느낌은 어떤 걸까요. 막막할 것 같아요. 더 이상 나아갈 수 없게 가로막고 있으니까요. 이 절망 속에서 이상李箱의 태도가 놀라워요. 보이지 않는 꽃향기를 맡았다는 발견요. 이건 눈뜸, 혹은 죽음을 강요하는 세상에 난 새로운 삶을 살겠다는 선언입니

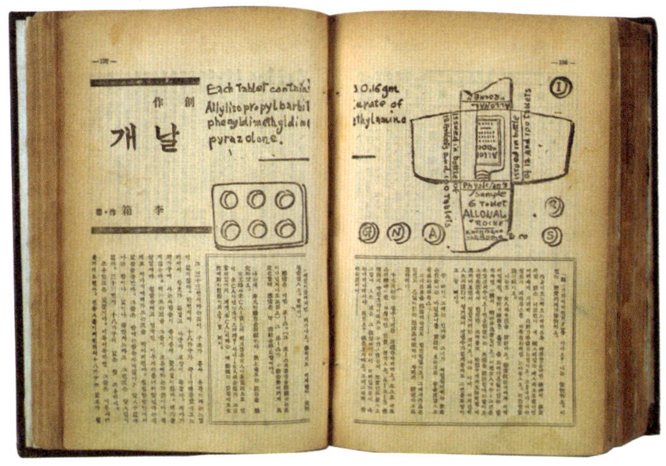

1936년 9월 『조광』에 발표한 소설 「날개」(사진 『한국민족문화대백과사전』)

다. 우리는 눈에 띄는 분명한 것만 읽죠. 욕심도 욕망도 다 그런 거지요. 눈앞에서 사라지면 실망하고 불안하지요. 친구들을 바라볼 때도 겉모양으로 판단하기 일쑤죠. 이상李箱은 말하네요. 보이지 않는 것을 보자고 그 꽃이 더 향기롭다고. 그럼 언제 보이지 않는 향기를 맡을 수 있을까요. 즐겁고 신날 때보다는 기운 빠지고 힘들 때라고 시인은 말합니다. 그때 보이지 않던 것이 보이지 않을까요.

언 발 끌며
무쇠 다리 건너온

이용악

우리 문학에서 한동안 입에 담을 수 없는 시인들이 있었어요. 월북 시인 혹은 납북 시인이라 불렀습니다. 우리나라의 비극이지요. 일제에서 벗어나 광복을 찾았지만 많은 문인들이 여러 이유로 북한으로 갔습니다. 자기가 믿는 이념을 따르기도 하고 남한에서 중요한 인물이라 납치돼 가기도 했어요. 우리 책에 실린 정지용, 김기림, 오장환이 그들입니다. 남북 분단으로 서로 문을 닫아 걸은 터라 함부로 이들에 대해 이야기할 수 없었지요. 모든 것을 금지 시킨 거지요. 그들의 작품을 오랫동안 볼 수 없었어요. 교과서에서 빠졌기 때문에 해방 이후 태어난 사람들은 그들이 누군지 잘 몰랐어요.

그러다 1988년 서울올림픽대회가 열리는 때 분위기가 달라졌어요. 세계 사람이 함께하는 잔치를 여는 나라인데 더 이상 문을 꼭

이용악(1914~1971)

꼭 걸어 잠글 수는 없는 거지요. 자연스럽게 묶였던 문인들이 비로소 해방을 맞았어요. 이들 중에 이용악도 있었어요. 사십여 년 만에 빛을 보았지요. 사실 그의 시는 해방과 더불어 중등 국어 교과서에 실릴 정도로 민족 정서를 잘 담았다는 평을 들었어요. 「별 아래」, 「밤이면 밤마다」, 「나라에 슬픔이 있을 때」 등이었지요. 이 시들은 아이들이 읽어 아무런 나쁜 영향을 끼치지 않을 만큼 밝은 내용으로 민족 정서를 잘 담았다는 평을 들었어요. 그럼에도 그의 시 「오랑캐꽃」은 1949년 불온하다는 낙인이 찍혀 교과서에서 빠집니다. 그가 1950년 한국전쟁 때 북으로 갔기 때문입니다. 사실 작품과 아무런 상관이 없는데도 말이에요.

이용악은 1930년대 등단한 서정주, 오장환과 더불어 '시 삼재三才'라 불렸지요. 시에 뛰어난 천재란 뜻이지요. 여러분도 학교에 손꼽는 친구들이 있을 거예요. '삼대 얼짱' 식으로요. 그만큼 사람들 눈길을 끌었으니까요. 서정주는 우리 전통 정서를 시에 잘 담았고, 오장환은 우리 현실을 적극 시로 옮겼지요. 특히 서정주와 오장환은 친구기도 해요. 오장환이 차린 출판사 '남만서방'에서 서정주 시

이용악, 오장환과 시 삼재로 불린 서정
주(1915~2000), 친일반민족행위자로
규정(사진 wikipedia)

집 『화사집』을 내기도 했으니까요. 이처럼 서정주와 오장환은 '생명파'라 하여 '시인부락' 동인이기도 하지요. 그런데 이용악은 어떤 무리에도 끼지 않아요. 그는 변방 외톨이였어요.

'무쇠 다리'는 북한 땅 함경북도 두만강에 놓인 '도문 철교'를 일컫는 말이기도 하고 이용악을 상징적으로 떠올리는 이미지에요. 어벤져스 팀 일원 같은 느낌이 드네요. 이용악은 함경북도 경성 출신으로 러시아와 국경을 마주하고 있는 곳에서 태어났어요. 1932년 일본으로 유학 갈 때까지 변방 사람이었지요. 그에게는 두 가지 타고난 면모가 있어요. 국경을 넘나들며 밀무역을 하던 사람들의 '떠돌이 의식'과 '가난'이에요. 서울에서 보면 그의 고향은 너무 멀지요. 거기에 살아남으려는 억센 기운이 더해졌지요. 그래서 그의 시에는 타고난 가난에 시달리면서도 굳세게 살아가는 사람들의 이야기로 가득해요.

비애에 기울지 않고 웃어 버리자

북쪽은 고향

그 북쪽은 여인ㅊㅅ이 팔려간 나라

머언 산맥山脈에 바람이 얼어붙을 때

다시 풀릴 때

시름 많은 북쪽 하늘에

마음은 눈감을 줄 모른다.

—「북北쪽」, 『분수령』(삼문사, 1937.)

이 시는 간도間島로 팔려 가는 여자의 비애를 이야기하고 있어요.
일제 강점기 우리나라 사람들이 겪은 상황을 담은 거지요. '간도'는

1966년 기민사에 펴낸 시집 시집 『분수령』. 이 시집은 1937년 삼문사에서 초판을 펴낸 바 있다.

중국 길림성吉林省 동남부 지역으로 두만강 유역의 동간도와 압록강 유역의 서간도를 통틀어 이르는 곳이에요. 일제 강점기 일제는 우리나라 사람들을 억누르고 가진 모든 것을 강제로 빼앗았지요. 그러니 어떻게 살 수 있겠어요. 사람들은 일본 순사의 눈을 피해 밤 어둠을 타 고향을 떠났지요. 간단히 보따리를 챙겨 다다른 곳이 간도 땅이에요. '만주'라고도 해요. 옛날부터 우리 조상들이 살았던 곳이라 우리나라 사람들이 많이 살고 있었지요.

그렇게 떠도는 사람들을 '디아스포라'라고 해요. 역사적으로 탄압을 피해 떠돌던 유대 민족의 고된 삶을 가리키기도 해요. 보통 우리나라 연구자들은 이들을 '유랑민', '유민'이라 불러요. 이주민이란 뜻이죠. 이처럼 살던 곳으로 떠날 수밖에 없는 사연은 여성들에게 더 비참해요. 먹고 살 방법이 없기 때문에 어린 소녀들을 돈을 받고 팔았으니까요. 사람을 물건처럼 팔고 사는 거지요. 다른 나라에서도 이러한 일들은 늘 있었어요. 아프리카 사람들이 신대륙 아메리카로 팔려 갔던 역사도 그런 이야기지요. 제국주의 식민지에서 늘 있었던 일이에요.

강제든 어쩔 수 없어 그러든, 유랑민이 되어 떠나든, 팔려 가든 모두 더없이 슬픈 일이에요. 정든 고향을 떠나 다시 돌아오지 못하는 슬픔이며, 가족과 헤어져 험한 곳으로 팔려 가 노예 신세가 되어야 하는 고통이에요. 이렇게 슬프고 서글픈 것을 '비애悲哀'라 해요. 그냥 슬픈 정도가 아니에요. 이상李箱이 우리에게 가르쳐 주었던 인간 조건의 부조리 때문이에요. 억울해서 참을 수 없는 감정이에요. 사람으로서 견딜 수 없는 고통이 자리해서 더 가혹해요.

북쪽은 이용악의 고향이지요. 함경북도 경성. 바람 거친 땅이지요. 고향은 곧 사람의 정체성이기도 해요. 고향이 어디냐고 묻는 건 누구인가를 묻는 것과 같으니까요. 아마도 이용악은 이렇게 비애에 젖은 사람들을 많이 보며 자랐을 거예요. 실제 그의 조상도 저 남쪽에서 떠나온 사람들일 거에요. 아버지도 국경을 넘어 압록강 건너 러시아로 가 일제의 눈을 피해 몰래 무역을 했다 하고요. 이용악에게 북쪽은 그처럼 슬프고 서러움 가득한 곳이네요. 그래서 편

히 눈감고 잠들 수 없어요. 하지만 우리가 시인에게서 배워야 할 것
은 비애가 아니에요. 이용악은 의지가 굳어 비애에 싸여 자신을 괴
롭히지 않았으니까요. 오히려 서울로 일본으로 씩씩하게 찾아가서
자기 세계를 만들려고 애썼으니까요. 여러분도 혹시 비애를 가졌
다면 흔들리지 말고 웃어요.

한 슬픔이 또 다른 슬픔을 어루만지게 하자

알록 조개에 입 맞추며 자랐나

눈이 바다처럼 푸를 뿐더러 까무스럼한 네 얼굴

가시내야

나는 발을 얼구며

무쇠다리를 건너온 함경도 사내

바람 소리도 호개도 인전 무섭지 않다만

어두운 등불 밑 안개처럼 자욱한 시름을 달게 마시련다만

어디서 흉참한 기별이 뛰어들 것만 같애

두터운 벽도 이웃도 못믿어운 북간도 술막

온갖 방자의 말을 품고 왔다.

눈포래를 뚫고 왔다

가시내야

너의 가슴 그늘진 숲속을 기어간 오솔길을 나는 헤매이자

술을 부어 남실남실 술을 따르어

가난한 이야기에 고히 잠거다오

네 두만강을 건너왔다는 석 달 전이면

단풍이 물들어 천 리 천 리 또 천 리 산마다 불탔을 겐데

그래두 외로워서 슬퍼서 초마폭으로 얼굴을 가렸더냐

두 낮 두 밤을 두루미처럼 울어 울어

불술기 구름 속을 달리는 양 유리창이 흐리더냐

차알삭 부서지는 파도 소리에 취한 듯

때로 싸늘한 웃음이 소리없이 새기는 보조개

가시내야

울 듯 울 듯 울지 않는 전라도 가시내야

두어 마디 너의 사투리로 때아닌 봄을 불러 줄께

손때 수집은 분홍 댕기 휘 휘 날리며

잠깐 너의 나라로 돌아가거라

이윽고 얼음길이 밝으면
나는 눈포래 휘감아치는 벌판에 우줄우줄 나설 게다
가시내야
노래도 없이 사라질 게다
자욱도 없이 사라질 게다

―「전라도 가시내」(『시학』 8월호, 1939.)

북쪽으로 팔려 간 여인을 만났네요. 앞서 시 「북쪽」에서 마음에
드리운 비애를 그림 그려 보여 주었다면 이 시에서는 비애의 주인
공을 데려왔네요. '전라도 가시내'라네요. '가시내'는 '계집아이'를
이르는 경상도, 전라도 사투리에요. 본래 남자는 '사나이'라 하고 여
자는 '가시내'라 불렀으니 남자와 여자가 만난 거예요. 특히 함경도
남자와 전라도 여자가 만나 서로 이야기를 나누고 있네요. 한 편의
연극 같네요. 그래서 단편 서사시라 하기도 해요. 시 「북쪽」이 정적
인 비애 감정을 담았다면 이 시는 인물을 통해 오고 가는 비애를 실
제 느끼도록 담았네요.

136

전체적으로 슬픈 분위기를 자아냅니다. 그건 두 사람의 처지와 형편 때문이지요. 이들이 만난 곳은 북간도 어느 술막, 주막酒幕이라고도 해요. 옛날 나그네가 묵는 집이지요. 그처럼 이들은 모두 떠돌이예요. 함경도 사내는 '무쇠 다리', 즉 두만강에 놓인 철교를 발이 얼어 건너왔네요. 눈보라를 뚫고, '방자의 말', 즉 온갖 미움을 받으며 쫓겨 왔네요. 전라도 가시내는 바닷가에 살다 북간도 외진 주막집에 팔려 와 몇 날 며칠 눈물로 지새웠네요. 한 슬픔이 또 다른 슬픔을 만났네요.

전라도 가시내의 앞날은 어찌 될까요. 불안해요. 영영 고향으로 돌아가지 못할 것 같아 더욱 슬픔에 젖게 해요. 이용악, 함경도 사내는 듣는 사람이네요. 영락없이 시인이지요. 원래 시인은 신탁을 받아 사람들에게 전하는 임무를 지녔죠. 아주 옛날에는 그랬죠. 신과 인간의 사이가 멀어진 이후 시인에게 신은 누굴까요. 이야기하는 사람이겠죠. 특히 가난을 이야기하는 존재예요. 밤새 주막에 마주 앉아 시인은 전라도 가시내가 들려주는 서러운 이야기를 듣고 있네요. 전라도 가시내는 옛이야기에 나오는 '적강謫降한 존재'일지 몰라요. '적강'은 "신선이 인간 세상에 내려오거나 사람으로 태어남"을 말해요. 그러니 시인이 전라도 가시내 더러 "너의 나라로 돌아가거라" 하지 않나요.

우리가 이 시를 통해 배워야 할 것은 무얼까요. 함경도 사내나 전라도 가시내나 북간도라는 같은 공간에 있는 게 중요해요. 같은 이야기를 서로 나누는 사이를 공동체라 하지요. 이야기와 이야기가 합쳐져 화음을 이루는 것과 같아요. 다들 슬픔을 안고 있어요. 혼자 힘들어하면 견디기 어려울 거예요. 그때 누군가 나와 같다는 공감을 하게 되면 덜 외롭지 않을까요. 힘이 나지 않을까요. 이용악은 말합니다. 날이 밝으면 눈보라 치는 벌판으로 다시 나아갈 것이라고. 슬픔에만 묶여 있지 않고, 내 노래도, 자취도 흔적 없이 사라질 테지만 너는 네 고향으로 돌아가라고. 한 슬픔이 또 다른 슬픔을 어루만지네요.

창백한 울분조차 땅속 깊이 묻자

아낙도 우두머리도 돌볼새없이 갔단다
도래샘도 떳집도 버리고 강건너로 쫓겨갔단다
고려 장군님 무지무지 쳐들어와
오랑캐는 가랑잎처럼 굴러 갔단다

구름이 모여 골짝골짝을 구름이 흘러
백 년이 몇백 년이 뒤를 이어 흘러갔나

너는 오랑캐의 피 한 방울 받지 않았건만
오랑캐꽃
너는 돌가마도 털메투리도 모르는 오랑캐꽃

두 팔로 햇빛을 막아줄게

울어보렴 목놓아 울어나 보렴 오랑캐꽃

—「오랑캐꽃」(『인문평론』 10월호, 1939.)

이 시는 1939년 『인문평론』 10월호에 발표됩니다. 그러다 『분수령』(삼문사, 1937.), 『낡은 집』(삼문사, 1938.)에 이은 이용악의 세 번째 시집 『오랑캐꽃』(아문각, 1947.) 책 첫머리에 실려요. 권두시라 하지요. 그만큼 중요하지요. 발표한 지 십 년이 흐른 후 묶은 시집 제목으로 삼았으니 오래도록 그의 심중을 사로잡고 있었다는 얘기죠. 이용악은 앞서 두 권의 시집을 내고 문단의 주목을 받아요. 그리고 1939년 일본 유학을 마치고 조선으로 돌아옵니다. 어땠을까요. 일본에서 생활은 쉽지 않았어요. 품팔이 노동을 하면서 학비를 벌었다고 합니다. 최하층 생활을 하면서도 일본 상지대를 졸업하고 귀국하지요. 그때 비분강개悲憤慷慨, 슬프고 분하여 마음이 북받쳤다 했다지요.

우리나라에 있을 때와는 달랐을 것 같아요. 함경북도 변방에서 일본으로 갔으니 더더욱 많은 생각이 들었을 테지요. 우리끼리 경험했던 차별은 그래도 참을 만했을 텐데 남의 나라 일본에서 겪은

일은 그 이상이었을 거예요. 시도 변
화가 있어요. 초기 시에서는 다듬어
지지 않은 순박함이 있었고 막연하게
현실을 이해했다 할까요. 그런데 이
시를 쓸 때는 우리나라 사람들이 겪
는 현실이 보다 구체적으로 다가왔으
니까요. 먼 곳에서 느꼈던 비애가 심
화되었다고 할까요. 비애가 분노로

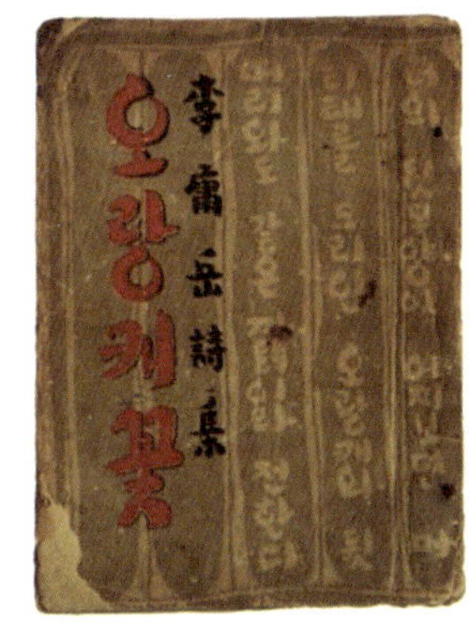

시집 『오랑캐꽃』(아문각, 1947.)

격화되었지요. 다만 역설적으로 오히려 차분해졌어요. 시 「오랑캐
꽃」을 보면 그래요.

　‘오랑캐’는 옛날 두만강 일대 만주 지역에 살았던 여진족을 업
신여기고 깔보아 이르던 말이었지요. 시 첫 연을 보면, 옛날 오랑캐
이야기예요. 고려 장군들이 오랑캐를 몰아내는 내용이네요. 그런
데 두 번째 연에 나오는 오랑캐는 바로 우리 자신이네요. "너는 오
랑캐의 피 한방울 받지 않았건만 오랑캐꽃"이라는 것을 보니 그렇
네요. 어떻게 된 일일까요. 왜 이렇게 입장이 바뀌었을까요. 그렇지
요. 나라를 잃었으니 일본 편에서 보면 우리가 오랑캐네요. 하찮게
멸시받는 신세가 되었네요. 이는 비애를 넘어 분노에 이르는 이유
입니다. 일본에서 겪은 일들이 오랑캐 취급을 받은 것이라는 것을

깨달은 거지요.

오랑캐꽃은 '제비꽃'을 두고 이르는 말이에요. 만주 사람들이 변발한 모양을 닮아 별칭으로 오랑캐꽃이라 한답니다. 변발 알지요. 머리 뒷부분만 남기고 나머지 부분을 깎아 뒤로 길게 땋아 늘이는 방식 말이에요. 우리가 중심이었다고 생각했는데 이제 변방 오랑캐가 되었다니. 함경북도 고향에서 느꼈던 차별은 아무것도 아니네요. 그 이상이네요. 시 「북쪽」, 「전라도 가시내」에는 어느 정도 개인적 비애를 담았는데, 이 시에 담아낸 비애는 민족적 비애네요. 앞선 시에서도 이용악은 비애에 젖은 채 있지 말고 웃자고 했지요. 서로의 슬픔을 어루만지자 했지요. 미루어 볼 때 이 시에서 이용악은 또 다른 배움을 주네요. 드러내 말하지는 않았지만 섣불리 말하지 않고 삭히는 모양새죠. 오랑캐로 떨어진 우리 처지를 감싸안고 남몰래 목놓아 울자 하네요. 끓어오르는 분노를 창백할 정도로 숨기고 내일을 기약하자는 다짐 같아요. 이육사의 시 「광야」의 한 구절처럼. "다시 천고의 뒤에/백마 타고 오는 초인이 있어/이 광야에서 목 놓아 부르게 하리라"

저마다 하나씩 별이 되자

다시 만나면 알아 못 볼

사람들끼리

비웃이 타는 데서

타래곱과 도루모기와

피 터진 닭의 볏 찌르르 타는

아스라한 연기 속에서

목이랑 껴안고

웃음으로 웃음으로 헤어져야

마음 편쿠나

슬픈 사람들끼리

—「슬픈 사람들끼리」(『백제』2월호, 1947.)

마침내 해방이 되었어요. 일제 억압을 피해 고향을 떠난 사람들을 '유이민'이라 했지요. 그처럼 앞선 이용악 시들이 떠도는 사람들의 비애와 분노를 담았지요. 그때마다 시인은 우리에게 비애에 기울지 않고 웃어 버리자고 했고, 한 슬픔이 또 다른 슬픔을 어루만지게 하자 했으며, 창백한 울분조차 땅속 깊이 묻자고 했지요. 견딘 끝에 다시 사람들이 돌아왔어요. 이용악도 고향 경성에서 광복을 맞아요. 두만강 건너 떠났던 사람들이 돌아왔어요. 그 감격을 담은 시가 「하나씩의 별」이에요.

유이민으로 떠돌던 사람들이 하나씩 별이 되어 돌아왔어요. 일제 치하에서는 이름 없이 오랑캐 취급을 받으며 살았지요. 이제 광복된 나라에서 저마다 빛나는 존재가 된 것이에요. 이용악은 그처럼 자기 모습을 되찾아 돌아오는 사람들이 하나씩 별이 되었다고 감격했지요. 그런데 또다시 별들은 빛을 잃었어요. 해방이 되었어도 제대로 공동체를 이루지 못하고 뿔뿔이 갈라졌으니까요. 고국으로 돌아온 유이민들이 아무런 대책도 없이 다시 떠돌게 된 것이지요. 성좌를 이루며 빛나야 할 별들이 빛을 잃게 되었어요.

그처럼 시 「슬픔 사람들끼리」는 해방 무렵 뿔뿔이 흩어져야 하는 사람들 처지를 담았습니다. 자기 뜻이든 떠밀려서든 무슨 이유에서 건 한곳에 머물며 평안한 삶을 누릴 수 없네요. 이 시에서 그

애환이 그대로 드러나요. 혼돈이에요. 무법천지 폭력이 난무하는 상황에서 인간이란 무엇인가, 어디로 가야하는가 갈피를 잡을 수 없었어요. 이제 헤어지면 다시 만날 수 없을 것 같습니다. 다시 만난다 해도 시련의 상처로 너무 많이 변해버릴 것만 같은 불안에 떨고 있네요. 이처럼 슬픈 운명 앞에 놓인 사람들은 그래도 끼리끼리 모여 최후의 만찬을 함께합니다. 비웃(청어)과 타래곱(타래처럼 꼬인 곱창)과 도루모기(도루묵)과 닭 볏을 구우며 서로 껴안고 웃다가 울다가 하며 서로를 놓지 못합니다.

앞서 말했듯 이용악은 한반도 최북단 함경북도 경성 사람입니다. 어쩌면 포악하고 가혹한 일제 치하에서 못 이겨 러시아로, 만주로 떠났던 유이민 후예일 거라 했지요. 아버지는 러시아를 넘나들며 밀무역을 했으니까요. 그러고 보니 슬픈 사람들은 북쪽에만, 혼란스러운 해방 무렵에만 있지 않았네요. 슬픈 사람들은 서울에만 있었던 것도 아니었습니다. 이용악은 광장에서 소리 높여 외쳤던 사람이기는 했지만 언제나 뒷골목으로 스며들기를 주저하지 않았어요. 네거리를 떠나 뒷길로 알지 못할 웃음을 머금고 갑니다. 당시 썼던 또 다른 시 「뒷길로 가자」에도 슬픈 사람들은 웃음을 잃지 않으려 애쓰고 있었어요. 우리도 그처럼 웃는 저마다 하나씩 별이 되었으면 싶어요.

'내'가 '우리' 되는
사다리를 놓은

오장환

우리 문학에서 1930년대 '시인부락' 동인들이 차지하는 비중이 큽니다. 오장환, 서정주, 김동리, 함형수, 김상원 등이 그들이죠. 특히 앞서 배웠던 이용악과 더불어 서정주, 오장환을 '시 삼재三才'라 했다지요. 세 사람 손꼽는 시인이란 뜻이죠. 시에 그만큼 재주가 뛰어났지요. 서정주의 경우 우리 말의 아름다움을 잘 다루었다고 해서 시인부락 '언어의 정부'라 칭송했어요. 언어를 통치하는 권력을 지닌 만큼 힘이 셌다는 것이겠지요. 아무나 그런 칭찬을 받지는 않았지요. 그런데 오장환은 그 정부를 '조각組閣'한 사람이라 할 수 있지요. '조각'은 조직한다, 만들었다는 말이에요. 서정주를 시인으로 만든 장본인이라 할 수 있어요.

오장환은 이용악과 더불어 월북 문인이라는 꼬리표를 달고 있

오장환(1918~1951)

다 1988년 금기에서 풀려났지요. 8·15 해방 직후 오장환은 조선문학가동맹에서 활동했어요. 사회주의 이념을 표방한 문학조직이에요. 그는 처음부터 진보적이었어요. 종갓집에서 적자嫡子가 아니라 서자庶子로 태어난 자기 신분 때문에 고통을 당했어요. 이상李箱이 말한 부조리한 인간 조건인 봉건적 질서에 저항할 수밖에 없었지요. 무슨 뜻인지 알겠죠. 오장환은 전통 사회 악습의 희생자였으니까요. 그래서 전통과 권위에 정면으로 맞섰지요. 해방이 되고 평소 신념을 따라 북으로 갔어요. 그러나 오래 있지 못하고 신장병을 앓다 숨을 거둡니다.

우리 시는 "지용에게서 아름다운 어휘를 보았고 이상에게서 '이미지'와 '메타포'의 탄력성을, 백석에게서 어두운 동양적 신화를 찾았다."고 오장환 시집 『성벽』을 읽고 김기림은 말합니다(『조선일보』, 1937. 9. 18.). 정지용, 이상, 백석에게서 배울 점이 많다는 뜻이지요. 그리고 오장환을 '우리 시의 전위부대의 견뢰堅牢한 일방의 보루'라고 덧붙입니다. 쉽게 말하면, '우리 시 맨 앞에서 쉽게 부서지지 않고 굳고 단단하게 우리 시를 지킨 파수꾼'이란 뜻이에요. 이렇게 우

150

리 시는 쟁쟁한 계보를 이루었네요. 그중 오장환은 누구보다도 불꽃처럼 살았어요.

우리가 오장환에게서 배울 점은 거침없이 청춘을 불태웠다는 데 있어요. 그의 시와 삶은 폭이 넓지요. 그러나 영웅이 되려 하지 않았으며, 전통과 권위에 맞섰지만 자기를 희생자라 여기지 않았지요. '나'를 앞세우기보다는 '우리'를 향해 애썼어요. 그가 보들레르만 좋아한 것은 아니에요. 러시아 시인 예세닌^{Sergei Alekandrovich Esenin}(1895~1925)을 따르기도 하고, 김소월을 추앙하기도 했지요. 동서고금東西古今을 따지지 않고 제한 없이 받아들일 만큼 넉넉했지요. 사람들을 좋아해 친구도 많았지요. '남만서방'이란 출판사를 차려 우리 시 역사에 기념비적인 책을 많이 출판했어요. 지금도 그의 노래는 그칠 줄 몰라요.

낡은 관습과 전통에서 벗어나자

내 성姓은 오씨吳氏. 어째서 오吳 가哥인지 나는 모른다. 가급적可及的으로 알리워 주는 것은 해주海州로 이사移舍온 일청인一淸人이 조상祖上이라는 가계보家系譜의 검은 먹글씨. 옛날은 대국숭배大國崇拜를 유—심히는 하고 싶어서, 우리 할아버지는 진실 이가李哥였는지 상常놈이었는지 알 수도 없다. 똑똑한 사람들은 항상恒常 가계보家系譜를 창작創作하였고 매매賣買하였다. 나는 역사歷史를, 내 성姓을 믿지 않아도 좋다. 해변海邊가으로 밀려온 소라 속처럼 나도 껍데기가 무척은 무거웁고나. 수통하구나. 이기적인, 너무나 이기적利己的인 애욕愛慾을 잊을랴면은 나는 성씨보姓氏譜가 필요치 않다. 성씨보姓氏譜와 같은 관습慣習이 필요必要치 않다.

—「성씨보姓氏譜」(『조선일보』, 1936. 10. 10.)

오장환 출생에 사연이 있습니다. 여러분은 잘 모르겠지만 옛날 봉건 사회에서 양반은 물론 남자가 여러 여자와 가정을 꾸릴 수 있었지요. 오늘날 사회 윤리를 따지면 있을 수 없는 일이죠. 특히 젠더, 즉 사회적 성 역할을 볼 때 가장 비난받을 일이죠. 성적으로 불평등하기 때문이지요. 오장환은 충북 보은에서 1918년 태어납니다. 아버지는 어머니보다 스무 살 많았어요. 어머니는 첩실이었지요. '정식 아내가 아니라 데리고 사는 여자'라 사전에는 적혀 있어요. 그만큼 아무런 존재감이 없는 여자지요.

지난 책『시인의 얼굴』에서 나혜석은 아버지가 어머니를 두고 또 다른 여자와 살림을 차리는 현실에 분노했어요. 오장환도 가정

충북 보은 오장환 생가

환경에 대해 마찬가지로 크게 반발합니다. 얼마 전까지 '호적戶籍'이란 것이 있었어요. 호주戶主, 즉 한 집안의 가장 큰 어른, 대부분 아버지죠. 호주를 중심으로 집안 사람의 본적지, 성명, 생년월일 등 신분 사항을 기록한 공문서죠. 꼭 있어야 할 문서였는데 2008년 호적법 폐지에 따라 폐지되고 '가족 관계 등록부'가 이를 대신 하고 있지요. 여러분도 성인이 되면 자연스레 알게 될 거예요. 그러므로 오장환의 어머니는 호적에 '첩'으로 기록돼 있었어요. 오장환도 한동안 큰어머니 자식으로 지냈고요.

어땠을까요. 어려서부터 어머니를 어머니라 하지 못하고 다른 사람을 어머니라 불러야 했던 사정을 어떻게 받아들였을까요. 오장환은 열등감에 싸일 수밖에 없었어요. 자기가 사회적으로 떳떳하지 못하다는 부끄러움, 혹은 죄의식 같은 걸 갖게 된 것이지요. 자기 잘못도 아닌데도 말이에요. 시 「성씨보姓氏譜」는 그의 슬픈 이야기를 담았어요. '성씨보'는 다른 말로 '족보族譜'를 말합니다. 여러분 집에 돌아가 우리 족보는 어디 있느냐고 부모님께 물어보세요. 여러분 집안의 혈통을 묻는 것이니, 얼마나 중요하게 여기는가에 따라 집안 분위기를 가늠할 수 있어요. 전통을 소중히 여기는지, 새로운 문화를 받아들이는 데 더 적극적인지. 물론 어느 쪽이 옳다 할 수는 없어요. 어떻게 생각하는가는 자유니까요.

이 시에는 부제가 있어요. '-오래인 관습慣習- 그것은 전통傳統을 말함이다.'라고. 이를 보니 오래된 관습과 전통에 대해 시인이 어떻게 생각하고 있는가를 드러낸 시네요. 자기 집안에 대해 아주 부정적이고 이를 중시하는 사회를 비판하고 있어요. 스스로 '오가'라 했어요. 성에 '씨'와 '가'를 쓰는데 조심해야 해요. 남에게 '오가야'하면 안 되죠. '가哥' 자가 상대방을 낮춰 부르는 말이기 때문이에요. 나아가 오장환은 이 족보도 남의 집안 것을 산 것이 아니냐, 본래 우리는 양반이 아니고 상놈이 아니냐 의심하며 자기 존재를 부정하네요. 무슨 무슨 씨는 '껍데기'에 지나지 않으니 혈통이 무슨 상관이냐 더 크게 소리칩니다. 우리가 시인에게서 배워야 할 것은 무얼까요. 자기 집안 내력을 부정하자는 것은 아닐 거예요. 혈연, 지연, 학연 등 인연을 내세워 다른 사람을 지배하거나 끼리끼리 권력을 나눠 갖지 말자는 뜻이 더 크죠. 이 낡은 인습과 전통에서 벗어나지 못한다면 새로운 세상을 어떻게 맞을 수 있겠어요.

겉으로 착한 척하지 말고 진실 편에 서자

열녀烈女를 모섰다는 정문旌門은 슬픈 울 창窓살로는 음산한 바람이 슴이여들고 붉고 푸르게 칠한 황토黃土 내음새 진하게 난다. 소저小姐는 고흔 얼골 방房 안에만 숨어 앉어서 색시의 한 시절 삼강오륜三綱五倫 주송지훈朱宋之訓을 본받어 왓다 오―물레잣는 할멈의 진기珍奇한 이야기, 중놈의 과객過客의 화적火賊의 초립동이의 꿈보다 선명鮮明한 그림을 보여줌이여. 시커믄 사나히 힘세인 팔뚝 무서운 힘으로 으스러지게 안어준다는 이야기, 소저小姐에게는 몹시 떨리는 식욕食慾이엇다. 소저小姐의 신랑新郎은 여섯해 아래, 소저小姐는 시집을 가도 자위自慰하엿다. 쑤군쑤군 짓거리는 시집의 소문, 소저小姐는 겁이나 병病든 시에미의 똥맛을 할터 보앗다. 오― 효부孝

婦라는 소문의 펼쳐짐이여! 양반은 죄금이라도 상놈을 속여야 하고 자랑으로 눌으려 한다. 소저小姐는 열아홉. 신랑新郞은 열네 살, 소저小姐는 참지 못하여 목매이든 날 양반의 집은 삼엄하게 교통交通을 끈고 젊은 새댁이 독사毒蛇에 물리랴는 낭군郞君을 구救하려다 대신代身으로 죽엇다는 슬픈 전설傳說을 쏟아내엿다. 이래서 생겨난 효부열녀孝婦烈女의 정문旌門, 그들의 종친宗親은 가문家門이나 번화繁華하게 만드러 보자고 정문旌門의 광영光榮을 붉게 푸르게 채색彩色하엿다.

— 「정문旌門」(『시인부락』 11월호, 1936.)

낡은 유교 전통 중 오장환은 '성씨보', '종가' 등을 들어 시로 씁니다. 이러한 거부 반응이 시 「정문旌門」에 이르러 제대로 드러나네요. 이 시에도 부제가 있어요. '염락廉洛·열녀불경이부烈女不敬二夫 충신불사이군忠臣不事二君'. 정말 어렵네요. 오장환도 백 년도 넘은 옛날에 태어난 사람이라 서당 공부 좀 했을 거예요. 여러분이 영어를 자유롭게 말하는 것과 다르지 않아요. 조금 설명하면, "염락廉洛"은 '염계廉溪'와 '낙양洛陽'을 가리켜요. 중국에 있는 전통 깊은 고장이죠. 이곳은 성리학을 발전시키고 정착시킨 주자朱子와 정자程子가 제자들을

시 「정문」 속 '정문旌門'과 같은 건축물
(사진 『한국민족문화대백과사전』)

가르치던 곳이죠. 그래서 곧 '성리학' 자체를 뜻해요. 열녀불경이부烈女不敬二夫 충신불사이군忠臣不事二君'은 유교의 낡은 관습 중 대표적이에요. '열녀, 즉 절개가 굳은 여자는 두 남편을 공경하지 않는다', '충신은 두 임금을 섬기지 않는다.'는 뜻이에요. 이는 위선, 즉 착한 척하는 것이라 오장환은 여기고 있어요. 현실과 어울리지 않으니까요.

이 시는 예부터 전해 내려오는 이야기 형식이네요. 텔레비전 프로그램 '전설의 고향' 같아요. 우리나라 전설, 민간 설화 등을 소재로 KBS에서 방영했던 연속 드라마로 공포물이에요. 어휘 하나하나는 표준국어대사전을 찾아보면 뜻을 알 수 있어요. 중요한 것은 이야기 내용이에요. 오장환은 버리지 못한 관습을 비판하고 있어요. 어린 나이에 결혼하는 풍습이죠. 그것도 아마 본인 의사도 묻지 않고 집안끼리 이루어졌을 거예요. 열아홉 살 신부의 죽음이 미스터리지요. 밖으로 드러난 줄거리는 열네 살 어린 신랑이 독사에 물릴

158

뻔했는데 신부가 이를 물리치다 죽었다는 내용이에요. 시인은 이를 거짓이라 말하는 거예요. 왜 신부가 신랑을 대신해 죽어야 하느냐 문제 삼고 있어요.

그럼 신부는 왜 죽게 되었을까요. 여러분 오장환 친구 서정주의 시 「신부」를 아나요. 첫날밤, 신랑이 소변이 급해 서둘러 일어나 나갈 때 마침 문에 옷이 걸렸는데 그것을 두고 신부가 음탕해서 신랑 옷자락을 잡아당기는 것으로 오해하고 못마땅하게 여겨 달아났다 사십 년인가 오랜 시간이 흐른 후 신부 집에 들러 보니 신부가 첫날밤 앉은 채로 그대로 있어 어깨를 어루만지니 매운 재가 되어 내려앉았다는 이야기 말이에요. 『질마재 신화』에 실렸지요. 시 「정문」도 신부의 본능을 죄악시했던 것이 핵심입니다. 인간 욕망에 누가 죄를 물을 수 있을까요. 신부는 가문의 위신에 희생당한 거지요. 진실은 사라지고 신부는 열녀로 둔갑하고 말았네요. '정문'은 그 거짓을 상징해요. 충신, 효자, 열녀들을 표창하기 위해 그 집 앞에 세우던 붉은 문은 오히려 욕된 것이라 시인은 분노하고 있네요.

그 외에도 오장환은 이 시에서 계급 차별을 언급하고 있어요.

시집 『헌사』(남만서방, 1939.)

“양반은 죄금이라도 상놈을 속여야 하고 자랑으로 눌으려 한다.”에서 명확히 드러나네요. 우리가 오장환에게서 배울 점이에요. 타고난 불행을 슬퍼하는 것에 멈추지 않고 다른 사람들 이야기 속에서 자기 이야기를 담아내 공감을 일으키는 공동체 감각이지요. 똑같은 시 소재를 가지고 서정주는 아름다움으로 채색해 오히려 진실을 가리게 되네요. 현실 문제를 신화로 만들었다고 비판받는 이유에요. 그와 다르게 오장환은 문제의 본질을 정확히 꿰뚫어 이야기해 주네요. 이를 두고 시민의 덕목을 갖추었다 하지요. 우리도 위선에 눈멀지 않고 진실을 보는 밝은 눈을 가졌으면 해요.

길들여지지 않는 또 다른 나를 깨우자

저무는 역두驛頭에서 너를 보냈다.
비애悲哀야!

개찰구改札口에는

못쓰는 차車표表와 함께 찍힌 청춘靑春의 조각이 흐터저 잇고

병病든 역사歷史가 화물차貨物車에 실리여 간다.

대합실待合室에 남은 사람은

아즉도

누궐 기둘러

나는 이곳에서 카인을 맛나면

목노하 울리라.

거북이여! 느릿느릿 추억追憶을 실고 가거라

슬픔으로 통通하는 모든 노선路線이

너의 등에는 지도地圖처름 펼처 잇다.

— 「The Last Train」(『비판』 4월호, 1938.)

이 시는 오장환의 다른 모습을 보여 주네요. 낡은 관습과 전통에 비애를 느껴 자신을 괴롭힐 것만 같았는데 그렇지 않아요. 눈을 돌려 새로운 곳으로 탈출구를 찾으려 합니다. 마지막 기차는 어디로 가는 걸까요. 생존 게임일까요. 아니면 영화 〈설국 열차〉처럼 계급 갈등을 뚫고 해방을 꿈꾸는 걸까요. 분명한 것은 무언가 결심하고 결단을 내렸다는 거예요. 마지막 열차이니 마지막 기회 같아요. 여러분은 마지막 기회가 주어진다면 무엇을 할 건가요. 지금처럼 아무 일 없는 듯 살 수는 없겠지요. 한번 생각해 봐요. 마지막 열차에 무엇을 실어 보낼 건가요.

오장환은 두 가지를 마지막 열차에 실려 보냈네요. '비애'와 '병든 역사'네요. 이 둘은 오장환 시를 읽는 열쇠 같아요. "저무는 역두驛頭에서 너를 보냈다. 비애悲哀야!" 이 표현은 한동안 많은 사람들 입에 오르내릴 만큼 유명했지요. 여러분도 한번 따라 해 봐요. "저무는 기차역 앞에서 너를 보냈다. (   )!". 빈칸에 들어갈 말은 가장 사랑했던 것일 수도 있고, 아니면 가장 미워했던 것일 수도 있네요. 둘 다 가능해요. 다른 말로 하면 '애증愛憎'이라 해요. 이처럼 사랑과 미움은 동전 앞뒤처럼 겹쳐 있네요.

오장환에게 '비애'는 애증이었나 봐요. 그를 괴롭힌 악마 같은 것이었지만 한편으로 그를 살게 한 힘이었을지도 몰라요. 미워하면 미워할수록 그는 강해졌으니까요. 그는 오래 살지 못하고 젊은 나이에 병으로 죽고 말아요. 짧은 시간 그를 지배한 것은 뼈아픈 슬픔이었어요. 또 하나 그를 지배한 것이 '병든 역사'네요. '비애'가 개인적 슬픔이라면 '병든 역사'는 민족적 아픔이네요. 개찰구에 '못쓰는 차車표表와 함께 찍힌 청춘靑春의 조각이 흐터저' 있다는 말에 측은합니다. 우리 역사가 병들지 않았다면 오장환은 참 멋진 사람으로 오래오래 우리 곁에 있었을 텐데 안타까워요.

'비애'와 '병든 역사'를 마지막 기차에 실려 보냄으로써 이제 시인은 완전히 새로운 삶을 살려 해요. 기다리는 사람이 있군요. '카인'이에요. 이를 두고 사람들은 오장환 시의 악마주의를 언급해요.

시집 『병든 서울』(정음사, 1946.)

19세기 유럽에서 일어난 문예사상으로 퇴폐주의라고도 해요. '추악·퇴폐·괴기·전율·공포' 가득한 분위기 속에서 미美를 찾아내려는 것이죠. 프랑스 시인 보들레르, 베를렌, 랭보 등이 대표적이에요. '카인'은 성경에서 동생 아벨을 죽인 인류 최초 살인자로 나오죠. 그래서 저주받은 자의 표본이 되지요. 왜 오장환은 그런 사람을 기다렸을까요. 그를 만나 하소연하듯 목 놓아 울겠다고 하니. 달리 생각해 봐야겠어요. 카인은 신을 배반한 사람이에요. 그런데 그것은 신의 입장에서 볼 때 그런 것은 아닐까요. 오장환은 줄곧 낡은 관습과 전통과 병든 역사와 맞서 싸웠어요. 어쩌면 카인은 거대한 신과 맞서 싸운 다윗은 아닐까요. 그래서 이제 그렇게 살겠다고 다짐하는 것은 아닐까요. 거북이처럼 마지막 기차는 떠났어요. 이제 그에게 비애와 병든 역사는 사라졌어요. 그가 또 다른 자신과 만나듯 우리도 그렇게 해 봅시다.

험한 세상 다리가 되자

나의 노래가 끝나는 날은
내 가슴에 아름다운 꽃이 피리라.

새로운 묘墓에는
옛 흙이 향그러

단 한번
나는 울지도 않엇다.

새야 새 중에도 좋다리야
화살같이 나러가거라

　나의 슬픔은

오즉 님을 향向하여

　나의 관역은

오직 님을 향向하여

　단 한번

기꺼운 적도 없엇드란다.

　슬피 바래는 마음만이

그를 좇아

내 노래는 벗과 함께 늣끼엿노라.

　나의 노래가 끝나는 날은

내 무덤에 아름다운 꽃이 피리라.

—「나의 노래」(『시학』 3월호, 1939.)

시인들은 누구나 자화상 시 한 편 정도는 쓰죠. 이상의 「거울」, 윤동주의 「자화상」, 서정주의 「자화상」 등은 교재에 실릴 만큼 잘 알고 있지요. 이상은 거울 속에 나는 나 같지 않다고 정말 나는 누구냐 묻고 있어요. 그의 시도 현실과 이상이 맞지 않아 고통스러워하는 자아를 그리고 있죠. 윤동주는 우물처럼 맑은 거울에 자신을 비춰보며 미워하기도 하고 안타까워하기도 하며 자신을 성찰했지요. 서정주는 '나를 키운 건 팔 할 이 바람'이라는 유명한 말을 하지요. 그만큼 거칠게 살았다고.

시집 『나사는 곳』(헌문사, 1947.)

이 시에서 오장환은 어떻게 자신을 표현하나요. 가장 소중한 노래, 즉 시를 통해 말하네요. 이상, 윤동주, 서정주와 차이가 있네요. 이들은 자기를 중심에 두고 자기를 표현하지요. 그에 비해 오장환은 자기를 위해 울거나 기뻐하지 않겠다고 합니다. 오직 '임'에 대해서만 말하고 있어요. 꼭 한용운의 '임'과 같아요. 한용운도 모든 '그리운 것'은 다 임이라 했으니까요. 구체적으로 '해 저문 들판에서 돌아가는 길을 잃고 헤매는 어린 양'이라 했지요. '그리운' 대상은 '헤매는 양'이네요. 한용운 자신을 그처럼 헤매는 존재에게 두었네요.

시집 『성벽』(아문각, 1947.). 이 시집은 앞서
1937년 풍림사에 출판되었다.
(사진 『한국민족문화대백과사전』)

마찬가지로 오장환은 자신을 곧 '벗'이라 했네요. 그의 친구는 '타자'예요. 길을 잃고 헤매는 사람들.

오장환은 비애와 병고 속에 청춘을 살았어요. 그러면서도 자기 자신을 위해서 노래하지 않았어요. 그러한 태도가 우리 시에서 아름답게 드러나는 거예요. 언제쯤 되어야 자신을 위해 살겠다고 하나요. 살아서는 결코 그런 일은 없다고 다짐하네요. 온몸 다해 벗을 위해 헌신하는 모습이 눈물겹네요. 또 하나 자신을 '종다리'라 했네요. 종달새, 노고지리라고도 해요. 종다리는 흔한 새예요. 특별하지 않지요. 노랫소리가 맑아 아침을 깨운다고 해요. 하늘 높이 날아 오래 지저귀죠. 바로 시인의 모습이에요. 워즈워스^{William Wordsworth}(1770~1850)도, 김수영도 종다리처럼 울어 신성한 자유를 노래했지요.

오장환은 우리에게 소중한 배움을 많이 주었어요. 그를 한마디로 말할 수는 없지만 사람과 사람 사이에 다리를 놓아 평등한 연대를 이루길 꿈꿨어요. 그의 역할은 사다리라 할 수 있지요. 차이를 극복하게 해 주는 유용한 도구 말이에요. 여러분도 그에게서 배워 이 세상에 다리가 되었으면 해요. ‘험한 세상 다리가 되어Bridge Over Troubled Water’라는 노래가 있어요. 사이먼 앤 가펑클Simon & Garfunkel이라는 전설의 남성 듀오가 노래했지요. 이렇게 시작해요. “당신이 지치고 자신이 작게만 느껴질 때When you're weary Feeling small/당신의 눈에 눈물이 고일 때When tears are in your eyes/제가 그 눈물을 닦아 줄게요.I will dry them all/당신이 친구가 필요하면If you need a friend” 그리고 이렇게 끝나요. “당신 바로 뒤로 노를 저어 갈게요.I'm sailing right behind/험한 물살 위에 놓인 다리처럼Like a bridge over troubled water”. 살아가면서 이렇게 아름다운 노래가 여러분 머리 위에 울려 퍼졌으면 해요.

[참고 문헌]

김학동, 『정지용 연구』, 민음사, 1987.

김학동, 『오장환연구』, 시문학사, 1990.

김학동 엮음, 『김기림연구』, 시문학사, 1991.

김학동, 『현대시인연구』, 서강대출판부, 1991.

김학동 편, 『정지용 전집』, 민음사, 2003.

김학동 편, 『오장환 전집』, 국학자료원, 2003.

김학동, 『오장환 평전』, 새문사, 2004.

서정자·남은혜 역, 『김명순 문학전집』, 푸른 사상, 2010.

윤영천 편, 『이용악시전집』, 창작과비평사, 1988.

이민호, 『낯설음의 시학』, 국학자료원, 2016.

이승훈 엮음, 『이상문학전집1-시』, 문학사상사, 1992.

이태동 편, 『이상』, 서강대출판부, 1997.

청소년에게 시인이 들려주는 시 이야기

시인에게서 배워라

1판 1쇄 펴낸 날 2025년 7월 17일

지은이 이민호
펴낸이 이민호
펴낸 곳 북치는소년
출판 등록 제2017-23호
주소 10442 경기도 고양시 일산동구 일산로 142, 427호(백석동, 유니테크빌벤처타운)
전화 02-6264-9669 | **팩스** 0505-300-8061 | **전자 우편** book-so@naver.com

편집 주간 방민화
디자인 신미연
제작 두성 P&L

ISBN 979-11-979474-8-3